유혹의 기술

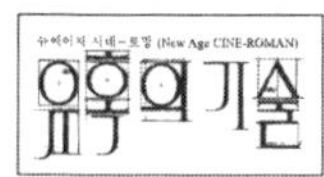

1판 1쇄 인쇄 2008년 11월 21일
1판 1쇄 발행 2008년 11월 27일

지은이_유세문
펴낸이_김용성
펴낸곳_갑을패
주소_서울시 동대문구 이문 2동 346-41 영일빌딩 2층(130-831)
전화_02-962-9154|팩스_02-962-9156
홈페이지_http//www.LnBpress.com|전자우편_lawnbook@hanmail.net
출판등록_2003년 8월 19일

ISBN 978-89-91622-20-3 03810

뉴에이지 시네-로망 (New Age CINE-ROMAN)

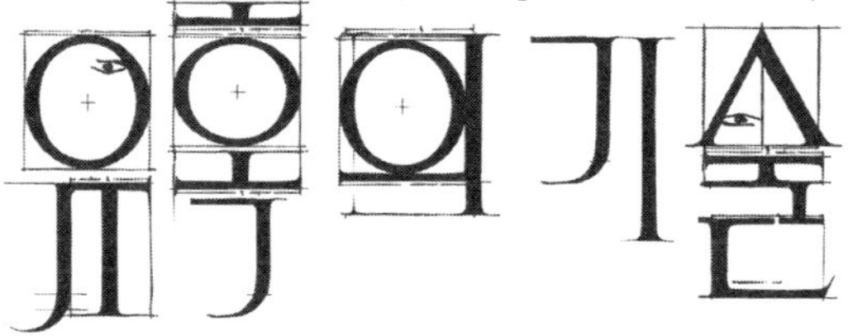

유혹의 기술

유세문 장편소설

갑을패

지구,

태초에 이곳에 생명이 있었다.

마르고 단단하며 활동적인 기운이 모여서 수컷이 되었고 습하고 부드러우며 안정적인 기운이 모여서 암컷이 되었다. 진화의 선상에서 암수로 나뉘어 양성생식을 하게 된 어떤 종도 세대를 거쳐 자신의 유전자를 보존할 수 있는 유일한 방법은 이성과의 섹스를 통한 2세의 출산이었다.

그러나 개체에게 치명적인 희생을 요구하는 출산 과정은 암컷으로 하여금 치사하리만치 이기적인 선택을 하게 만들었고 그로 인해 수컷은 암컷을 유혹하기 위해 보다 강하고 화려해져야만 했다.

그리고 인간이 태어났다.

이 종은 언어라는 복잡한 커뮤니케이션 체계를 가진 지구상 최초의 종이었고, 다른 어느 종보다도 영악하고 계산적인 종이었으므로 그에 따라 인간의 남성은 여성을 유혹하기 위해 단순한 강함과 화려함만이 아닌 특별한 기술이 필요했던 것이다.

그것이 바로… 유혹의 기술이다!

이미 어둠이 내리기 시작한 인천의 연안 부두. 거대한 몸집의 고래 한 마리가 휘황찬란한 오색등을 온 몸에 감은 채 바다 위에 떠 있었다. 거대함에도 불구하고 매끈하고 날렵한 몸체가 그야말로 환상 그 자체였다.

초호화 크루즈 '프린세스 21'. 21세기의 공주라는 뜻일까? 어쨌든 암컷임이 분명했다. 불어에서도 배는 여성명사이지 않던가. 게다가 수컷이었다면 '프린스 21' 이었겠지. 선착장 주변은 야간 경기장처럼 환한 조명으로 밝혀졌다. 선착장 반경 50미터까지는 사슬 띠가 둘러지고 경비업체의 장정들이 곳곳에 배치되어 경계가 삼엄했다. 꾸역꾸역 모여든 구경꾼들은 '영화 촬영하나?' 하며 사람들 틈바구니로 고개를 디밀고 눈을 두리번거렸다.

고급 호텔의 벨 보이처럼 붉은 금장 양복과 모자를 화려하게 차려 입은 꽃미남들이 현장으로 들어서는 승용차를 안내했다. 안내에 따라 승용차 정지선에 정확하게 차를 갖다 대면 손님은 곧바로 내려서자마자 레드 카펫을 밟도록 꾸며졌다. 승용차 도착장에서 '프린세스' 호까지 족히 30미터는 돼 보이는 긴 길에 핏빛보다 더 붉은 융단 카펫이 깔렸다.

아카데미 시상식장 못지않은 분위기였다.

가히 대한민국 굴지 재벌 외동딸의 귀국 환영회다웠다. 1천억의 재력가가 공개적으로 데릴사위를 찾는다 하여 화제가 된 일이 있었는데 거기서 아이디어를 얻은 것일까? 신광그룹 장석준 회장은 오늘 환영회에서 딸의 마음을 사로잡는 사내를 사위로 맞아들인다고 공표했었다. 그의 사위가 된다면 그룹의 후계자가 될 터. 여자의 마음을 얻을 수 있다면 고객의 마음도 얻을 수 있다는 장회장의 경영철학에 따른 연유에서였다. 25세에서 35세까지의 미혼 남성들이 대거 초대를 받았다. 정확히 말하자면 먼저 일주일간 신청을 받았고 접수된 서류들을 바탕으로 신청자에 대한 엄격한 심사를 거쳐 초대가 결정된 것이다. 신랑 후보감이 300명이 넘는다는 말도 떠돌았고 초대 받은 총 손님의 숫자가 300명이라는 말도 떠돌았다.

그는 선착장이 있는 길 건너편에 흰 리무진을 세워 놓고 분위기를 살폈다. 서해바다에서는 따뜻한 봄바람이 불어와 그의 볼을 간질이고 있었다. 시계를 보았다. 이제 시작이다. 아예 첫 번째로 등장하든가 아니면 아주 끝머리에 등장하는 것이 효과적일 것이다. 크고 작은 파티들을 통해 경험을 쌓아왔지만 이런 대규모의 파티에 경험이 없는 그로서는 어설프게 첫 번째 인물로 등장할 생각은 없었다. 괜한 실수를 보여줄 여지가 있기 때문이었다.

드디어 팡파르가 울렸다. 첫 번째 승용차가 미끄러져 들어와 정지선에 멈추었다. 스포트라이트가 레드 카펫을 밟을 주인공에게 비추어졌다. 머리끝부터 발끝까지 새까맣게 성장을 뽑아 입은 남자가 자동차 문을 열고 카펫에 내려섰다. 요즈음 사극으로 인기를 한 몸에 받고 있는 유명 탤런트 한상준이었다. 늘씬한 키에 해맑고 서글서글한 얼굴과 유독 반짝거리는 검은 머리카락이 눈부신 불빛에 한층 더 돋보였다. 복장을 통일한 행사 진행요원과 말끔한 정장의 주최 측 임원들이 양쪽으로 늘어서서 일제히 허리를 굽혀 첫 남자를 맞았다. 손님이 걸음을 옮기면 S라인이 선명하게 드러나는 치파오(중국 전통 의상) 차림의 미녀들이 한 걸음쯤 앞서서 배까지 남자를 안내한다. 뒤이어 승용차들이 기다렸다는 듯이 차례차례 들어오고 각양각색의 귀빈들이 카펫으로 내려섰다.

등과 어깨가 다 드러난 이브닝드레스 차림의 여가수, 아슬아슬 엉덩이를 겨우 가린 초미니 원피스에 금장 하이힐을 신은 유명 여배우, 희끗희끗한 회색 머리칼을 반쯤 가린 쥐색 중절모에 잿빛 싱글을 멋지게 받쳐 입은 원로 남자 배우까지 연령층도, 직업도, 차림도 가지가지였다. 30초 간격으로 밀어 닥치던 승용차가 차츰 간격을 벌리기 시작했다. 입장객이 뜸해지자 행사 요원들은 시계를 보았다. 오후 7시 반까지는 입장해 달라는 주의 사항을 그들은 엄수할 눈치였다.

그도 시계를 보았다. 7시 20분이었다.

"가자."

기사가 차를 유턴 시켜 행사장으로 향했다. 우선 그의 차가 사람들 눈에 띄었다. 기름독에 빠졌다 나온 것처럼 번쩍거리는 희고 긴 리무진이 정지선에 도착하자 구경꾼들이 술렁거리기 시작했다. 오늘 온갖 외제차들이 다 선을 보였지만 길디긴 리무진 승용차는 없었다. 검은 밤바다를 배경으로 한 흰 리무진은 그것으로도 족히 시선을 끌고 남았다.

"누굴까? 외국에서 초청됐나 봐. 저런 차는 한국에서는 안 타잖아."

캄캄하게 선팅이 된 자동차 속 인물이 궁금해 사람들은 목을 한껏 잡아 뺐다. 벨 보이가 리무진의 문을 열어주자 그가 레드 카펫으로 내려섰다. 검은 구두 역시 조명에 번쩍거리며 빛을 발했다. 눈부시게 하얀 와이셔츠에 검은 나비넥타이가 그의 턱시도와 너무도 잘 어울렸다.

"누구야? 성악가야? 배우는 아닌 것 같고……"

사람들이 웅성거렸다. 동양인의 짧은 다리에는 턱시도가 별로 어울리지 않는 법인데 그는 턱시도를 완벽하게 소화해 내고 있었다. 긴 다리로 성큼성큼 카펫을 밟는 걸음에 자신감이 넘쳤다. 그가 잠시도 구경꾼들에게 눈을 돌리지 않은 채 몇 걸음을 옮기자 장난기가 발동한 구경꾼들 중 누군가가 휘익- 입술 호루라기를 불었다. 이어 야유의 의미가 분명한 박수가 터져 나왔다. 그가 걸음을 멈추고 침착하게 돌아서서 구경꾼들을 향해 양손을 들어 올리며 미소로 답례를 했다. 또 다시 박수가 쏟아졌다. 짙은 눈썹 아래 눈빛이 강렬했고 진지했으며 눈동자가 유난히도 빛났다. 분명 낯익은 얼굴은 아니었지만 전체적으로 지적이고 귀티나는 분위기의 남자가 막판에 레드 카펫을 압도했다.

PROLOGUE

이미 '프린세스 21' 선내의 다이아몬드 홀은 파티 분위기였다. 잔잔히 음악이 흐르고 잘 차려 입은 선남선녀들이 삼삼오오 모여서서 칵테일 잔을 부딪치고 있었다.

"어서 오십시오. 오늘 행사 진행을 책임 맡은 강영상 상뭅니다. 존함이…?"

예의 바른 자세로 강상무가 파란 융단으로 장식된 명단 방명록을 펼쳤다. 그는 두 번째 장에서 자신의 이름을 발견하고 손가락으로 그것을 가리켰다. 초청자 리스트를 가지고 참석 인을 확인하는 절차가 끝나자 비로소 누구에게도 간섭받지 않는 자유의 몸이 되었다.

"파티가 시작되기 전에 가볍게 한잔 하시지요."

강상무가 정중하게 허리를 굽혀 인사를 하고 그에게서 물러났다. 그는 여유롭게 천천히 좌중을 둘러보았다. 한두 사람 쯤 아는 얼굴이 있었으면 하는 마음이 들기도 했다. 혼자 서 있는 일이 조금 민망할 것 같아서였다.

"어머, 오빠!"

드러난 쇄골과 가슴 위에 반짝이 쉬머 로션을 잔뜩 바르고 오프 숄더 원피스를 입어 양 어깨를 훤히 드러낸 긴 머리의 여자가 아는 척을 하며 긴 장갑 낀 손을 내밀었다. 어느 행사에선가 만나 술자리에까지 이어진 적이 있는 가수였다. 그는 그녀가 아는 척 하는 것이 다행스럽고 반가웠지만 무덤덤하게 대해야 한다는 걸 알고 있었다.

"어쩐 일이야? 노래하러 왔어?"

"예. 상희도 왔어요. 오빠 초대 받아서 오셨군요. 역시 멋져요."

그녀가 호들갑스럽게 연년생인 동생을 불러 왔다. 그는 사람들의 시선이 자신에게 슬며시 옮겨짐을 느꼈다. 요즈음 뜨는 신세대 가수는 아니었지만 90년대 후반에는 온통 그녀들 시대였던 때가 있는 소녀 자매 가수였다. 그녀들은 아직 소녀인지 처녀인지 나이를 짐작하기 어려울 만큼 젊고 아름다웠다. 언니는 파란 드레스를, 동생은 빨간 드레스를 똑같은 디자인으로 맞추어 입고 긴 머리를 언니는 왼쪽으로, 동생은 오른쪽으로 묶어 가슴 한 쪽으로 늘어뜨렸다.

"너희는 자매 같지가 않고 쌍둥이 같아."

"다들 그렇게 말해요."

"오늘 오빠가 해 내실 것 같아요."

"뭘?"

"모르세요? 오늘 장회장님 외동 따님이 지명하는 남자가 회장님 사위가 된다잖아요."

"글쎄. 별로 그럴 마음도 없어. 그냥 초청하니까 온 것뿐이야."

"저희들은 밴드랑 맞춰 보느라고 두 시간 전에 왔는데요, 오빠가 제일 멋져요."

"말씀만도 고마운 걸. 우리 한 잔씩 더 마실까?"

웨이터가 들고 있는 쟁반에 빈 잔을 내려놓고 새 칵테일을 한 잔씩 집

어 들었다.

"파티는 어디서 한다는 거야? 여기서 하려는 건 아닌 것 같은데……"

경희가 동생에게 물었다.

"그러게. 사파이어 홀로 옮기나?"

그때 사회자가 멘트를 시작했다.

"내빈 여러분, 담소는 좀 나누셨습니까? 서로 인사도 나누시고 낯도 좀 익히시라고 시간을 드렸습니다. 곧 오늘의 주인공을 모시고 파티를 시작하기 위해서 자리를 옮기겠습니다."

요란스러운 팡파르와 함께 벽인 것처럼 막혀 있던 왼쪽 문이 빙그르 돌면서 양 옆으로 서서히 밀려들어가고 호화로운 새 세상이 모습을 드러냈다. 사람 키만큼 긴 촛대의 촛불과 촛대만큼 긴 꽃병에 꽃으로 장식된 테이블이 끝도 없이 세팅 되어 있었다. 머리 위에는 눈부신 크리스털 샹들리에가 빛나고 양 테이블을 가로지르는 중앙에 백색 천으로 깔린 긴 통로는 패션쇼 장의 런웨이를 연상케 했다. 앉은 사람의 눈높이만큼 높은 3미터 폭의 그 하얀 길로 주인공이 등장할 것 같은 분위기였다. 정면 중앙 무대에는 한 쪽으로 밴드들이 자리 잡았고 뒤로는 늘어진 커튼이 볼륨 있게 매어져 있었다. 그 뒤로는 빨갛고 파랗고 노란 분수가 솟아났다가 유리벽을 타고 흘러내렸다. 영화에서도 본 적이 없는 초호화 파티장의 꾸밈에 사람들은 모두 입을 벌렸다. 아까 첫 번에 도착했던 남자 탤런트 한상준이 쪽지를 들고 앞으로 나가는 모양새가 아마도 사회를 볼 눈치였다.

"오래 기다리셨습니다."

역시 한상준이 사회자 마이크를 잡고 기름진 목소리로 오프닝 멘트를 던졌다.

"'아름다운 밤입니다.' 하고 시작해야겠지만 아직 우리는 그 말을 할 수가 없습니다. 정작 아름다운 주인공이 이곳에 없기 때문이지요. 오늘의 주인공 장영우 양의 등장에 우리 모두는 목말라 있습니다. 여러분, 힘찬 박수 소리가 주인공에게 전달된다면 그 분이 더 빨리 나타날 수도 있습니다. 박수를 한 번 쳐 보실까요?"

'잘 생긴 남자가 능청맞게 말도 잘하는군.' 모두들 그런 표정으로 박수를 쳐댔다.

"아니요. 이게 아닙니다. 지금 막 텔레파시가 전해져 왔는데요. 이 작은 박수로는 영우 양이 모습을 드러내기가 섭섭하다고 하십니다. 다시 한 번 열렬한 박수 부탁드립니다."

정말 박수 소리가 우렁차게 쏟아졌다. 동시에 밴드들이 부드러운 선율을 연주하자 앞 중앙 무대와 정반대 쪽에 동그란 스포트라이트가 비쳐졌다. 어깨에 가느다란 끈이 달린 은색 긴 드레스를 입은 늘씬한 여자가 모습을 드러내자 죽어가던 박수 소리가 되살아났다. 짧은 커트 단발에 눈은 크고 얼굴이 조그만 여자가 느리고 부드러운 음악과는 달리 너무 씩씩하고 활달하게 하얀 길을 걸어 나오며 이를 드러내고 환하게 웃

었다. 새침데기 공주를 기대했던 사람들이 조금 의외인 듯 서로의 얼굴을 보았다. 누가 보아도 그녀를 한 마디로 '말괄량이'라고 말할 수밖에 없는 귀여운 모습이었다. 그녀가 앞쪽에 자리 잡는 모습이 양쪽 대형 스크린에 잡혔다. 장회장이 먼저 입장할 줄 알았는데 딸이 먼저 입장한 것도 예상 밖의 일이었다.

"아마 여러분들은 지금 또 한 분의 입장을 기다릴 것입니다. 바로 이 파티를 열어주신 장회장님이시지요?"

여기저기서 산발적으로 '예' 하는 소리가 들려왔다.

"오늘 장회장님을 뵙기는 어려울 듯합니다. 젊은이들 노는 자리에 끼면 참석하신 분들이 불편하실 거라며 이 자리를 사양하셨습니다. 근 십년 만에 한국으로 돌아온 따님을 배려하신 거지요. 친구들과 마음껏 마시고 마음껏 즐기시라는 당부 말씀이 있으셨습니다."

스크린에 장영우의 놀라는 모습이 클로즈업 되었다. 아마도 그녀는 아버지가 참석하는 줄 알고 있었던 모양이었다. '잠깐만이요.' 소리가 작게 들리고 그녀가 사회자에게 달려 나가 무슨 이야긴가를 주고받았다.

"아, 영우 양이 배가 출항했느냐고 물으시는군요. 예. 그렇습니다. 배는 이미 30분 전에 선착장을 떠났습니다."

이때 돌발 사태가 벌어졌다. 준비된 행사 순서와 달리 장영우가 마이크를 잡아 버린 것이었다.

“아빠! 원격 동영상으로 보고 계신다면서요? 너무해요. 난 아빠가 환영회를 해주신다기에 오래간만에 아빠랑 한잔 하고 싶었는데… 한국을 떠나기 전에는 너무 어려서 한잔 할 수 없었고 미국에서는 공부하기 바빠서 술을 멀리 하느라 오늘을 정말 기다렸는데……”

장영우가 그 큰 눈에 눈물을 글썽거렸다. 갑자기 장내 분위기가 숙연해지자 한상준이 수습에 나섰다.

“자, 자. 영우 양! 자리에 앉으시면 회장님을 뵐 수 있습니다. 회장님이 띄우는 영상 편지가 준비되어 있거든요. 하, 이게 아닌데… 순서가 뒤죽박죽이 됐네요. 사회자의 권한으로 순서를 좀 바꾸겠습니다. 일단 영우 양의 눈물을 멈추어야 하니까요.”

‘공개 해, 공개 해.’

영상 편지 공개를 재촉하는 박수와 합창이 이어졌다.

“영우야! 어려운 공부 끝까지 다 마치고 한국에 돌아온 것을 환영한다. 장하다 내 딸아! 아빠는 오늘 네 곁에서 멀리 떨어져 있기로 했다. 아빠 대신 너를 지켜 줄 든든한 보호자를 선택해야 하는 날이기 때문이다. 내가 있으면 우리 딸이 별로 그럴 필요성을 못 느낄 것 같아서 말이야. 그렇지만 아빤 너를 지켜보고 있으니 섭섭해 하지 마라. 즐겁게 마시고 춤추고 떠들고 친구들과 좋은 시간 보내라. 그 동안 남의 나라에서 힘들게 공부하느라 못해 본 것 오늘 다 해봐도 좋다. 영우야! 그리고 멋

진 녀석 하나 찾아서 나한테 소개해 주는 거 알지? 자, 파티 시작해라."

딸을 사랑하는 장회장의 애정 어린 모습이 화면에서 사라지자 축포가 터졌다. 장영우의 눈에서는 눈물이 흘렀지만 입가에는 행복한 미소도 엿보였다. 술잔이 부딪치고 성악가가 흥겹고 우렁차게 '축배의 노래'를 불렀다. 그때 또 다시 왼쪽 벽이 미닫이처럼 열리면서 댄스를 할 수 있도록 꾸민 넓은 플로어가 펼쳐졌다. 이미 아름답게 차려 입은 댄서 열 쌍이 축배의 노래에 맞추어 춤을 추고 있었다. 손님 중 나이 든 노신사가 파트너와 함께 플로어로 나갔다. 두 사람은 댄서들 속에 섞여 춤을 추기 시작했다. 노신사의 무르익은 춤 솜씨가 예사롭지 않았다. 사람들은 노신사가 젊은 시절 날렸던 유명한 댄서 아무개라고 숙덕거렸다. 한 쌍, 두 쌍, 짝 맞춘 남녀가 댄스 장으로 나가고 음악은 분위기를 바꾸어 가며 계속해 댄스곡을 연주했다.

그가 한 점 망설임도 없이 걸어가 장영우에게 춤을 청하자 박수가 터져 나왔다. 영우는 사양하지 않았다. 이미 춤을 추던 사람들이 길을 터주며 오늘의 주인공인 영우의 춤을 방해하지 않기 위해 옆으로 물러나 주었다. 그들이 한가운데 섰을 때 음악은 왈츠를 연주하기 시작했다. 그가 영우의 손을 가볍게 잡자 영우가 눈인사를 보냈다. 그녀의 길고 넓은 드레스가 빛을 발하는 순간이 다가왔다. 가벼운 바람을 일으키며 턴을 하자 넓은 치마폭이 활짝 열리며 부채꼴이 되었다. 그녀의 가느다란 허리가 바람에 따라 한들한들 부채 위에 떠다니는 것처럼 보였다. 보폭 넓

은 스텝으로 몇 번의 빠른 턴을 끝내고 나서야 춤추던 사람들이 다시 그
들과 합류하여 춤을 추었다. 그의 이마에도 영우의 이마에도 보일 듯 말
듯 땀이 송송 배어 나왔다.

"춤을 잘 추시네요."

"오늘을 위해서 갈고 닦았습니다."

"나도 모르는 오늘을 알고 계셨다는 뜻이군요."

"아마도요…"

처음으로 영우의 관심이 그에게 꽂혔다.

"절 유혹하시는 건가요?"

영우의 말에 그는 멋진 미소만 날렸다. '네.' 라고 말하고 싶었지만 그
건 그의 '유혹의 기술' 에 입각할 때 상황에 맞지 않는 말이었다. 그는
여자를 살짝 약 올리기로 했다. 네거티브 기법을 쓰기로 한 것이다.

"왜요? 이렇게 춤을 추는 것만으로는 부족한가요?"

두 사람은 빠른 왈츠에 몸을 맡기면서도 몸을 가까이 하는 동작에서
는 쉴 새 없이 대화를 나누었다. 춤을 추는 동안 대화를 나누면서 전혀
숨가빠하지 않는 것을 느낀 두 사람은 다 같이 상대방이 춤의 고수라는
느낌을 받았다.

음악이 끝나자 같이 춤추던 사람들은 선채로 박수를 보냈고 앉아 있
던 사람들은 기립 박수를 보내왔다. 두 사람은 손을 잡고 정중한 인사로
답례했다. 그도 영우와 인사를 나눴다. 그는 인사 외에 영우에게 어떤

말도 건네지 않고 바로 몸을 돌려 자신의 자리로 돌아갔다. 영우는 무언가를 기대했던 것은 아니지만 조금 자존심이 상함을 느꼈다.

파티는 자유로운 분위기 속에서 무르익어 갔다. 위층 사파이어 홀에는 시장한 사람들을 위한 뷔페 음식이 맛깔스럽게 치려져 있었다. 대부분 나이 든 손님들이 음식을 앞에 놓고 조용히 술잔을 기울이며 담소를 나누는 모습이 눈에 띄었다. 맞은 편 둥근 유리 천정으로 온실을 방불케 만들어 놓은 야외 홀에는 바비큐장이 꾸며져 있었다. 주방장이 방금 구워낸 고기를 긴 나이프로 썰어주길 기다리는 식객들이 꽤 많았다. 방목해 키운 멧돼지라고 했다. 이곳에도 저곳에도 사람들이 입맛대로 먹고 마시며 나름대로의 파티를 즐기고 있는 모습이었다. 어느 곳에서든지 설치된 모니터를 통해 메인 파티 장인 다이아몬드 홀의 파티 진행을 지켜볼 수 있었다.

그는 파티 장을 빠져 나와 갑판으로 걸음을 옮겼다. 프린세스 호는 5노트의 느린 속도로 밤바다를 유혹하듯 우아하게 떠돌았다. 오색등으로 휘감은 프린세스의 휘황찬란한 드레스가 검은 양복으로 무장한 밤바다를 은은하게 비추면서 꼬리를 치는 것처럼 느껴졌다. 말하자면 바다는 수컷이고 배는 암컷인 셈이다. 땀에 젖은 그의 이마와 머리칼이 바닷바람에 식어갔다. 밤바다지만, 전혀 쌀쌀하게 느껴지지 않는 기분 좋은 5월의 바람이었다. 조금의 시간이 흐르고 그는 다시 장영우의 곁으로 돌아갔다. 영우는 한동안 보이지 않던 그가 다시 나타나자 반가운 얼굴로 와인 잔을 부딪쳐 왔다. 잠시 그녀의 시야에서 사라졌던 그의 계산이 들어맞는 순간이었다. 그녀의 뺨이 레드 와인만큼이나 붉게 물들어 있었다. 몇 남자가 춤을 청해 왔지만 그녀는 '와인을 조금 더 마시고 추면 안 될까요? 제가 술꾼이라서요…'라며 기분 좋게 애교로 거절하는 지혜도 발휘했다. 많은 양의 와인을 마셨음에도 그녀는 별 취기를 느끼지 않는 듯 보였다. 와인 덕인지 기분은 상당히 업 된 것이 분명했다. 장영우는 좋은 음악이 나올 때마다 장난스럽게 그의 옆구리를 쿡 찌르며 춤을 청하라는 사인을 해 왔다.

"오랫동안 춤을 맞춰 본 사람처럼 잘 맞아서 기분이 좋아요."

그녀가 말괄량이 특유의 표정으로 속삭였다.

"워낙 춤을 잘 추시니까 누구든 잘 맞을 겁니다."

"겸손의 말씀."

그는 능숙한 듯 제스처를 쓰고 있지만 실은 그녀의 너무나도 자연스러운 행동에 조금씩 당황하고 있었다. 그는 속내를 드러내지 않기 위해 자신을 최대한 절제했다. 그의 예감은 이제 예감이 아닌 현실로 눈앞에 드러나기 시작했다.

물 위에 띄워 놓은 초호화판 고급 크루즈 파티 장에서는 오늘 역사적인 무슨 일인가가 벌어질 것임을 그는 믿어도 좋을 것 같았다.

고급스럽게 인테리어가 되어 있는 칵테일 바 안으로 또각또각 구두

소리를 내며 한 여자가 들어선다. 사람들의 고개가 구두 소리를 향해 돌려진다.

긴 생머리에 피처럼 강렬한 빨간색 민소매 드레스를 입은 그녀는 오늘밤 이곳에서 최고의 퀸카가 되어도 모자람이 없을 듯하다. 아름답고 화려하면서도 천박하지 않다. 허리께까지 파인 뽀얀 등을 보는 순간 사람들은 시선을 떼지 못한다. 갑자기 그녀 주위의 모든 것들이 낡고 퇴색된 느낌이 들 정도다. 바 안의 남자들은 물론 여자들의 시선까지도 모두 그녀에게로 집중된다.

여자는 당당한 표정과 흐트러짐이 없는 자태를 유지한 채 긴 통로를 걸어가서 바의 한가운데 스툴에 앉는다. 패션쇼의 모델을 지켜보는 듯하다. 침을 질질 흘리며 그녀를 바라보는 넋 나간 남자들의 모습이 참으로 가관이다.

그런 가운데 바에서 유일하게 그녀에게 관심이 없는 듯 눈길 한 번 주지 않는 한 남자가 구석에서 홀로 술을 마시고 있는 것이 눈에 띈다. 꾸민 듯 꾸미지 않은 듯 어디선가 세련됨이 흐르는 캐주얼 정장 차림의 현수다. 그는 마시던 술잔을 내려놓고 여유 있는 미소를 지으며 조금의 망설임도 없이 자리에서 일어선다. 그리고 바를 가로질러서 자신 있게 여자에게로 걸어간다. 바에 있는 손님들의 시선은 당연히 현수에게로 쏠린다. 그가 여자에게로 다가가서 자연스럽게 귓속말을 건네자 여자가 환하게 이를 드러내고 웃어 보인다. 여자의 미소를 확인한 현수는 기회를 놓치지 않고 자연스럽게 그녀의 옆 자리에 앉는다. 사람들은 그제야 고개를 원위치로 돌리고 말없이 술잔을 홅는다. 남자들은 김이 샌 표정이 역력하다. 그녀에 대해 이내 체념해 버리고 만 것이다.

서로의 눈을 지그시 바라보며 귓속말로 얘기를 주고받는 두 사람은 가끔은 킥킥거리기도 하고 가끔은 가볍게 쓰다듬기도 한다. 두 사람은 첫 만남임에도 마치 오래 알아온 사이처럼 편해 보인다. 급기야 얘기를 나누던 여자가 칵테일 한 잔을 비우고 자리에서 일어선다. 거기까지 그리 긴 시간이 필요치는 않았다. 현수는 타이밍을 놓치지 않고 함께 일어나며 여자의 어깨를 살며시 감싸 안는다. 여자를 에스코트 하는 그의 매너가 너무나 당당하다. 남자들은 입구 쪽을 향해 걸어가는 현수와 여자를 부러운 시선으로 바라본다. 수컷의 본능은 모두 똑같다. 멋진 여자를 가까이 하고픈 속성 말이다. 현수는 그런 남자들을 힐끗 곁눈으로 돌아보며 승리의 미소를 짓는다.

'열등한 수컷들이 나를 부러운 시선으로 바라보고 있다. 침팬지도 인간도 모두 마찬가지다. 우수한 기술을 가진 수컷만이 원하는 암컷을 손에 넣을 수 있다.'

현수는 내심 교과서를 읽듯 되뇌어 본다. 여자가 그런 현수를 이상스러운 듯 바라보자 현수는 여자의 볼에 가볍게 입을 맞춘다. 여자는 이내 안심한다.

'불과 석 달 전까지는 나도 저런 인간들 중의 하나였다. 아니, 어쩌면

더 못했었는지도. 난 여자들에게 그냥. '좋은 사람' 일 뿐이었으니까.'

"오빠는 참 좋은 사람이에요."

여자들이 애인이기를 거절할 때는 언제나 그렇게 말하고 돌아섰다. 좋은 사람은 그냥 좋은 사람일 뿐 좋은 남자가 될 수는 없다는 것을 이제 현수는 알고 있다.

집으로 돌아와 양복을 벗어 걸며 그는 또 다시 허망함을 느꼈다. 아무리 멋진 여자를 만나 남자로서의 승리감을 안고 돌아와도 늘 허탈함과 더 큰 외로움이 그를 덮쳤다. 현수는 하릴없이 들고 들어온 몇 개의 스포츠 신문들을 탁자위에 늘어놓았다. 어느 말괄량이 아가씨가 발랄하게 웃고 있는 사진이 각 신문의 컬러판 1면들을 가득 채우고 있었다. 보기 드문 미모임에는 틀림없었으나 연예인은 아니었다. 현수는 본능적으로 관심을 느끼며 급히 타이틀을 읽었다.

'신광그룹 외동딸, 무명의 흑기사에게 꽂히다.'

'신광그룹 후계자 장영우를 사로잡은 핸섬 가이는 과연 누구?'

'그룹 후계자를 사로잡은 남자 신데렐라 탄생!'

그는 표지의 연결기사가 실린 지면을 펼쳤다.

한 면이 온통 신광그룹의 공개 사윗감에 대한 이야기였다. 그곳에 장영우의 손을 잡고 왈츠를 추고 있는 멋진 남자의 사진이 먼 거리 스냅으로 잡혀 있었다. 검은 턱시도와 하얀 셔츠의 칼라를 살짝 덮는 머리카락이 뒷모습만 보아도 멋진 남자의 매력을 물씬 풍겨왔다. 현수는 그 얼굴이 어딘지 낯익은 것 같아 다시금 들여다보았다. 그는 자신의 눈을 잠시 의심했다.

"뭐야? 이 자식이 무명의 흑기사였단 말이야?"

그는 남자의 이름을 확인하기 위해 다시 기사를 읽었다.

내용인즉 신광그룹 외동딸이 미국에서 심리학 박사 학위를 취득하고 귀국했다는 것, 박사 학위 취득 축하 겸 귀국 환영회가 있었는데 공개 모집에서 엄선된 신랑 후보감 50명과 국내외 내빈들이 300여명 참석한 가운데 비공개로 선상 파티가 열렸다는 것이었다. 신광그룹 장회장은 전적으로 딸의 자유의사에 맡긴다는 취지에서 파티 장소에 나타나지 않고 동영상만을 남겼다고 했다. 장장 5시간동안 인천 연해에 호화 유람선을 띄워 놓고 파티를 했다는 것과 따놓은 사이다에서 김이 새듯 어느 정도의 시간이 지나면서 손님이 술술 빠져 나가 김새는 파티를 만들지 않기 위해 선상 파티를 기획했다는 기사들이 실려 있었다. 그곳에서 신광그룹의 외동딸 장영우의 시선을 사로잡은 남자가 있었다는 내용도 있었다. 기사의 마지막에는 그 남자의 이름까지 소개되어 있었다. 역시 현수가 예상했던 그 이름이었다.

"너였어? 너는 분명 그 기술의 존재를 알고 있었단 말이지. 그렇다면…"

현수는 신문 속의 사내와 대화라도 나누는 듯 중얼거렸다. 아픈 기억

을 되새김질 하고 싶지 않은 자신의 의지와는 달리 또 다시 지난날의 아
픔 속으로 빠져 들었다.

'그 날, 비가 조금만 일찍 내려서 나의 눈물을 지워버렸다면, 그래서
김선생이 그 눈물을 보지 못했다면 내 인생은 결코 바뀌지 않았을 것이
다. 그래, 나를 지금의 나의 모습으로 만든 것은 김선생이 아니었다. 그
날 차가운 빗물 속에 흐르던 뜨거운 나의 눈물이었다.'

투박하기로 소문난 모 공과대학의 화공과 남자대학생과 모 여자 대학의 불문과 여자대학생들이 각각 10명씩 나와 미팅이 이루어졌다.

의례적으로 정해진 미팅순서에 따라 대낮부터 안주를 밥 삼아 생맥주도 마시고 노래방으로 가는 데까지는 진도가 잘 나갔다. 노래방에서 현수는 촌스럽게도 열심히 노래를 불렀다. 그런 현수와는 달리 노래방 전체의 분위기는 노래에는 전혀 관심이 없었고, 오직 옆에 앉은 여자들에게 작업을 거는 데 집중하는 친구들로 산만하기 짝이 없었다. 현수의 파트너만이 하품을 참으며 마지못해 손뼉을 치는 시늉을 해 보였다. 현수는 자신의 노래에 완전히 자아도취된 것 같았다. 현수가 부르고 있는 노래는 '토이'의 '좋은 사람'. 현수의 18번이다.

'오늘은 무슨 일인 거니? 울었던 얼굴 같은걸… 그가 너의 마음을 아프게 했니? 나에겐 세상에서 젤 소중한 너인데…'

현수는 노래 가사를 음미하며 남녀 공학이던 고등학교 시절, 그에게는 첫사랑이자 영원한 짝사랑이던 그 소녀, 소연의 얼굴을 떠올렸다. 여러 추억들이 생생한 동영상처럼 그의 눈앞을 스쳐갔다. 현수는 고등학

SCENE #1

교 복도에서 소연이 걸어오는 것을 발견하고 문 뒤에 숨어서 훔쳐보던 자신의 모습, 구내매점에서 남자친구와 웃고 떠들면서 자리를 뜨는 소연이 탁자 위에 놓고 간 지갑을 집어 들고 달려갔던 자신의 모습, 남자친구와 걷고 있는 소연의 뒤로 조용히 다가가서 슬쩍 가방에 지갑을 넣어주던 자신의 모습들을 떠올렸다.

한 번은 학교 뒤뜰에서 남자친구와 싸우고 있는 소연을 교실 창 너머로 훔쳐보던 현수가 자기 일처럼 애를 태우며 가슴 아파했던 일도 있었다. 밤새 울었는지 눈이 퉁퉁 부은 소연에게 현수가 자판기 음료수를 말없이 내밀자 그녀는 살짝 미소를 지으며 말했었다.

"고마워. 오빠 너무 좋은 사람이야…"

현수는 소연의 그 한 마디에 뒷머리를 긁으며 어쩔 줄 몰라 했었다. 그러나 그뿐, 그는 곧 소연이 다른 남자와 사귀는 모습을 다시 멀리서 지켜보아야만 했었다.

지나간 날들을 눈앞에 그리며 현수의 노래는 감상에 빠져 있었다.

'나는 혼자여도 괜찮아…널 볼 수만 있다면…늘 너의 뒤에서 늘 널 바라보는 그게 내가 가진 몫인 것만 같아…'

현수의 노래가 계속되는 동안 파트너와 의견일치가 이루어진 친구들은 한 쌍씩 한 쌍씩 노래방을 떠나갔다. 결국 현수의 파트너도 화가 난 표정으로 노래방을 나가고 말았다. 현수는 뒤늦게 달려 나가 파트너를 잡으려 했지만 그녀는 벌써 택시에 올라 출발한 뒤였다. 현수는 다시 노래방으로 돌아왔다. 아직 주어진 시간은 30분이나 남아 있었다. 캔 맥주와 음료와 새우깡들도 그대로였다. 현수는 빈 노래방에 힘없이 앉았다가 일어나 댄스곡 노래를 선곡하고 신나게 소리를 질러댔다. 번번이 혼자 가슴만 태우다가 끝나는 그의 일방통행의 사랑에 스스로도 화가 났다. 언제나 그랬다.

대학교에 입학한 뒤, 편의점 아르바이트를 하던 시절도 그런 일이 많았다. 혼자만 헛물켜다가 바로 실망하던 일들이. 아르바이트 계산원으로 텅 빈 편의점에서 비오는 밖을 내다보고 있는 그의 모습이 노래방 모니터에 그림처럼 떠올랐다.

계산대 위로 커피를 내미는 누군가의 손이 보였다. 현수가 고개를 돌려보니 예쁘장하게 생긴 여대생이었다. 가슴에 안고 있는 교양서적을 보고 그녀가 여대 신입생임을 한 눈에 알아보았다. 현수는 상상했다. '저렇게 귀여운 여자 애가 내 여자친구였으면…' 밝게 미소 짓는 여대생을 잠시 멍하게 바라보던 현수에게 그녀는 '계산해 달라고요.' 하고 재촉했다. 정신이 번쩍 든 현수는 멍청해 보이기까지 했다. 현수는 그런 자기 자신이 너무 싫었다.

그가 급히 돈을 받아드는 순간 어느 남자의 팔이 여대생을 뒤에서 감싸 안았다. 그녀는 싫지 않은 듯 콧소리로 웃었다. 현수는 그때 못 볼 것을 본 사람 모양 깜짝 놀라 허둥지둥 계산을 하던 기억이 뇌리에서 지워지지 않았다. 계산을 끝낸 여자가 남자친구의 허리를 감싸 안고 편의점을 떠났다. 현수는 그 여학생의 뒷모습을 쓸쓸히 바라보았었다. 더듬어 보면 기억 중 어느 하나도 아름다운 추억이 없었다. 모두 모자라 보이고 불쌍해 보이고 처량 맞아 보일 뿐. 머리가 남보다 나쁜 것도 아니고 인물이 빠지는 쪽도 아닌데 도대체 여자에 관한 한 덜떨어진 아이 같은 무능한 자신이 혐오스럽기까지 했다.

현수는 노래방을 나와 비오는 거리를 홀로 우산을 쓰고 걸었다. 시선을 돌려보니 그의 주위엔 온통 한 우산을 쓴 연인들 천지였다. 그의 처진 어깨가 점점 더 처졌다. 버스 정류장 가까운 가로수에 기대어 비를 맞고 서있는 여자가 현수의 시선을 끌었다. 얼핏 보니 아까 자신의 파트너였던 그 여자였다. 현수는 그녀에게 다가가 우산을 씌워 줬다.

"혼자 술 마셨어요?"

"아니요. 같이들 마셨어요."

현수가 부스럭거리며 가방에서 초콜릿을 꺼내어 그녀에게 건넸다.

"술 깨는 데에는 초콜릿이 좋대요. 대낮부터 왜 그렇게 많이 마셨어요?"

"현수 씨 내버려 두고 딴 친구와 나왔는데 화나지 않아요?"

"화나긴요 뭘…. 제가 재미없어서 그런가보다 하지요. 어서 그거 먹어봐요. 속이 좀 가라앉을 거예요."

"고마워요. 현수 씨는 너무 좋은 사람 같아요."

'좋은 사람'이라는 말에 현수는 움찔했다. 현수는 이제 좋은 사람이라는 말이 마치 저주의 주문이라도 되는 듯 두려웠다. 그래도 현수는 그냥 웃었다. 웃고는 있지만 현수는 아물어가는 상처의 딱지를 떼어낸 것처럼 아프기만 했다. 현수는 자기가 좋아하는 토이의 노래 가사를 흥얼거리며 자신을 달랬다.

'나는 혼자여도 괜찮아…널 볼 수만 있다면… 늘 너의 뒤에서 늘 널 바라보는 그게 내가 가진 몫인 것만 같아…'

현수는 노래를 흥얼거리다가 시계를 보고 급히 서두르기 시작했다.

"저, 이 우산 쓰고 가세요. 전 그럼 이만…"

현수는 초조하게 버스에 올랐고 버스에서 내려서는 달리기 선수처럼 전력질주를 했다. 숨을 헐떡이며 급하게 중국집으로 들어섰다. 팔짱을 끼고 현수를 노려보는 주인의 눈빛이 매서웠다. 일찍 돌아가신 아버지 대신 홀로된 엄마와 그의 생계를 책임져온, 현수에게는 아버지 같은 외삼촌이지만 근무 중에는 철저하게 주인과 배달원의 관계를 유지해야 했다.

"야, 인마, 늦었잖아. 너 이러면 정말 곤란해. 첫 미팅이라고 해서 봐줬더니만…"

현수는 허겁지겁 옷을 갈아입고 나와 아무렇지도 않은 듯 씩 웃었다.

SCENE #1

현수가 익숙하게 배달통을 열고 음식들을 채워 넣자 삼촌도 결국 입을 다물었다.

"미안해, 삼촌. 최대한 빨리 배달할게."

머리에 오토바이 헬멧을 쓰며 배달통을 들고 밖으로 나가는 현수에게 삼촌이 소리쳤다.

"야, 인마. 어딘 줄이나 알아?"

"그야 보나마나 첫 번 배달은 김선생님 집이겠지요."

"그래 인마! 녀석, 소심해도 성격 하나는 좋아."

현수는 배달통이 실린 스쿠터를 타고 비 그친 거리를 신나게 달렸다. 이때만큼은 어느 누구도 부럽지 않다. 겨울이 성큼 다가선, 가을비 뒤의 바람은 쌀쌀했지만 스트레스가 그 바람에 실려 다 날아가 버리는 기분이었다. 현수는 자신이 마음을 둔 여자들에게 항상 관심 밖의 대상이라는 가슴 아픈 현실을 이제는 어느 정도 운명으로 받아들인 상태였다. 그러면서도 그의 가슴 한복판에는 그것이 커다란 응어리가 되어 자리 잡고 있었다. 한 번쯤 나도 내가 마음에 드는 여자에게 사랑받고 싶다는 욕구가 점점 더 크게 용솟음쳤다.

사거리에서 신호등이 빨간 불로 바뀌자 그는 횡단보도 앞에서 오토바이를 멈추었다. 무심코 주위를 돌아보는데 횡단보도 앞에 서서 격하게 말다툼을 하고 있는 연인이 눈에 띄었다. 손을 들어서 여자의 뺨을 때리는 남자와 뺨을 부여잡고 더 이상 아무 말도 못하는 여자. 현수가 서 있는 곳과 인도의 거리는 꽤 멀어서 두 사람의 얼굴은 보이지 않았다. 여자는 남자로부터 도망치듯 몸을 돌려서 횡단보도를 건넜다. 횡단보도 앞에 서 있는 현수의 스쿠터 앞으로 지나는 순간, 그녀의 눈물이 공중에 날렸다. 현수는 그녀에게서 눈을 떼지 못했다. 그녀의 옆모습을 보며 깜짝 놀라 현수는 입 속으로 누군가의 이름을 되뇌었다.

'소, 소연아.'

현수가 짝사랑하던 바로 그녀였던 것이다. 소연이를 불러야 할지 어쩔지 몰라 눈을 껌뻑이는 사이에 자동차들이 현수의 뒤에서 요란하게 경적을 울려댔다. 소리에 돌아보니 자가용 운전자가 빨리 가라는 수신호를 보내고 있었다. 어느 새 파란 신호등으로 바뀌어 있었던 것이다. 현수는 얼떨결에 다시 스쿠터를 출발시키며 횡단보도에서 그녀를 찾으려 했지만 오가는 자동차들에 가려 놓치고 말았다.

골목을 돌아 대문이 열려 있는 어느 집으로 들어가는 현수의 모습이 제 집 드나드는 사람처럼 익숙했다. 이 집은 현수네 중국집의 최고 단골 김선생의 집으로, 매일 정해진 시간에 배달부가 오기 때문에 벨을 누르지 않아도 되도록 시간에 맞추어 미리 문을 열어놓은 것이다. 밖에서부터 들어오는 모든 불빛을 차단시켜 놓고 키 큰 스탠드의 백열전구 간접조명으로 밝혀 놓은 실내는 아늑했다. 무수히 많은 책들과 인테리어 소품들이 있음에도 언제나 어느 것 하나 흐트러진 것이 없다. 배달통을 들고 주방으로 들어선 현수는 찬장에서 고급 식기를 꺼내어 자장면을 옮겨 담았다.

"배달부, 오늘은 좀 늦었구만."

현수는 김선생의 말에 아무런 대꾸도 하지 않았다. 김선생은 가운데 머리가 휑해지기는 했지만 단정하게 빗어 넘긴 헤어스타일을 하고 있다. 얼굴로만 보기엔 젊었을 때 꽤나 인기도 많았을 것 같은 품위 있는 중년의 신사다. 그러나 디즈니 캐릭터가 그려진 파자마를 입은 그는 전체적으로 4차원 분위기를 풍기고 있었다. 김선생은 무슨 이유인지 언제나 자장면으로 저녁을 치른다.

"옆에 질질 묻히지 말고 잘 담아서 내 와."

아예 명령조로 변해 버린 김선생의 말투에 현수는 더 참지 못하고 쏘아붙였다.

"저는 중국집 배달 알바를 하는 거지 아저씨네 파출부 알바가 아니라고요. 앞으로는 배달 시키지 말고 제발 가게에 오셔서 드세요. 아니면 가져 온 우리 그릇에 그냥 드시던가…"

찬장에서 꺼낸 깔끔한 고급 식기로 옮겨 담은 자장면을 식탁 위에 내놓으며 현수는 볼멘소리를 해댔다. 그러거나 말거나 김선생은 은근하게 미소를 지으며 식탁에 앉아 고상하게 냅킨을 펴서 무릎 위에 올려놓았다. 그리고 번쩍번쩍 광이 나도록 잘 닦여진 은제 포크를 집어 들고 식사를 시작했다.

"식당 같은 데서 천박한 것들과 어울리는 건 딱 질색이야. 자네는 나

같이 훌륭한 사람의 식사를 책임진다는 일에 자부심을 느껴야 되는 거야."

"참 나, 직업도 없이 백수로 놀고 계시면서 저녁마다 와인에 자장면이라… 참으로 훌륭하시네요."

김선생은 현수의 빈정거림도 못 들은 척, 잔에 따른 와인을 한 모금 마시고 스파게티를 먹듯 자장면을 먹었다. 그 모습이 참으로 진지해 현수는 더 시비를 걸지 못하고 고개를 절레절레 흔들었다. 참으로 독특한 취향이다. 저러고 싶을까?

"저 같은 알바생이 있는 걸 감사하세요."

"이봐, 배달부!"

더 할 말도 없는 듯 빈 그릇을 챙겨서 집을 나서려는 현수를 김선생이 급히 불러 세웠다. 김선생의 목소리는 외모만큼이나 느끼하지만 부드럽고 기름진 것만은 사실이었다.

"고맙다는 얘기라면 됐어요. 어쨌든 우리 집 단골이시니 배달해야지 어쩌겠어요."

"단무지가 안 왔어."

"그럼 지금 단무지를 가져오라고요?"

"당연하지."

현수는 어이가 없는 표정으로 김선생을 바라보며 입을 딱 벌렸다. 뻔뻔스러운 건지 당당한 건지 알 수 없지만 거역할 수 없는 묘한 마력이

그에게 숨어 있다는 생각이 가끔씩 들었다. 그렇다고 정말 그 사람이 얄미운 것도 아니었다.

배달을 마감하고 중국집을 나서는 시간은 언제나 밤 9시가 넘은 시간이었다. 현수는 온통 술집뿐인 유흥가의 밤거리를 쓸쓸하게 걸었다. 주위를 돌아보니 연인들로 넘쳐나는 이 술집 저 술집에서 행복한 사람들의 웃음소리가 흘러나왔다. 무엇이 그렇게 즐거운지 남자들의 실없는 농담, 깔깔거리는 여자들, 덩달아 웃어주는 그 누군가의 웃음들. 현수는 자기만이 외톨이고 자기만이 웃을 일이 없는, 완전히 소외당한 계층인 것처럼 느껴졌다. 현수는 포장마차에서 소주라도 한잔 할까 했지만 혼자 마실 것을 생각하니 그것도 싫어져 쓸쓸하게 골목길을 돌아 자신의 자취방 쪽으로 길을 잡았다.

현수는 골목 어귀, 낡은 원룸건물 입구에서 허리를 숙이고 속이 괴로운 듯 토악질을 하는 여자를 목격했다. 이미 피곤에 지친 그는 그냥 곁을 지나치기로 마음을 먹었다. 그때 여자가 배를 부여잡고 심하게 괴로워하자 결국 발걸음을 늦췄다. 잠시 망설이다가 여자에게 다가서 등을 두들겨주었다. 오늘은 술 취한 여자들의 뒤치다꺼리나 하라는 날인가보다 싶었다.

"아가씨, 괜찮아요? 술이 좀 과했나보네요."

여자가 입을 닦고 서서히 현수를 향하여 고개를 드는데 아까 초저녁에 횡단보도에서 보았던 그녀, 소연이다. 남자에게 뺨을 맞고 횡단보도를 건너며 눈물을 뿌리던 소연이.

"네. 좀 괜찮아요. 고맙습니다."

게슴츠레 풀린 눈에 눈물이 가득 고인 여자를 보자 현수는 깜짝 놀라 한 걸음 주춤하며 물러섰다. 여자의 인사에도 아랑곳없이 얼이 빠져서 바라보며 그는 다시 이름을 되뇌었다.

"소연아!"

"네? 저를 아세요? 저는 혜경이라고 하는 데요."

현수는 번쩍 정신이 들어 여자의 얼굴을 다시 보았다. 정면에서 보니 소연이가 아닌 것도 같았다. 요즈음 여자들 얼굴은 그 여자가 그 여자 같을 정도로 비슷비슷하다는 생각을 자주 하긴 했었다. 오뚝한 코, 동그랗고 큰 눈, 하얀 피부… 그래, 소연이 아니라지 않는가. 그래도 현수가 소연이에게 쌍둥이 자매가 없는 것을 몰랐더라면 아마 소연이의 쌍둥이 동생쯤으로 믿었을 정도였다.

"아, 네. 그냥 제가 아는 사람과 너무 닮아서요."

혜경이 혼자 걸으려 애쓰다가 휘청거리자 현수는 달려가서 부축을 해 주었다. 가까이에서 다시 그녀의 얼굴을 보았다. 혜경의 입 주위에 묻어 있는 토사물 찌꺼기가 눈에 띄었다. 현수가 손수건을 혜경에게 건네며 손짓으로 입을 닦으라는 시늉을 했다. 민망한 듯 고개를 돌리고 입을 닦은 혜경은 현수를 다시 돌아보며 가볍게 미소를 지었다.

"그쪽 좋은 사람 같…"

현수가 혜경의 입을 막았다. 혜경이 놀라 눈을 크게 뜨자 그녀의 입에서 손을 떼고 더 이상 말이 이어지지 않게 주의하며 뒷걸음질을 쳤다.

"말하지 마세요. 난 그 말이 제일 싫어요. 정말 싫어한다고요."

그녀의 입에서 더 이상 말이 나오지 않는 것을 확인한 현수는 급히 몸을 돌려서 가던 길을 재촉했다.

"저기요."

등 뒤에서 혜경이 그를 불러 세웠다.

"네?"

"저… 이 건물 2층이 집인데요. 괜찮으시면 잠깐 올라갔다가 가지 않을래요?"

"네?"

현수는 너무 의외의 말에 뭐라 대답해야 할지 잠시 머뭇거렸다. 거절을 하면 그녀가 무안해 할 것 같고 덥석 그녀를 따라 들어가자니 염치없는 놈 같아서였다. 현수의 대답도 듣기 전에 그녀는 비틀거리며 앞장서서 건물 안으로 들어갔다. 현수도 멈칫거리며 그녀의 뒤를 따랐다. 혜경을 따라서 원룸으로 들어간 현수는 집안을 보고 조금 놀랐다. 원룸은 텅 비어 있었고 바닥에는 아직 짐정리가 덜 끝난 듯 박스들과 도배지들이 널려 있었다.

"서울에 올라와서 처음으로 갖는 저 혼자만의 공간이에요. 남자친구에게 제일 먼저 보여주고 싶었는데 그 사람은 이런 공간 따위는 관심도 없어요."

달빛에 비춰진 방 안을 돌아보다가 현수는 불을 켜려고 벽의 스위치를 올렸다.

"원래 내일 입주로 돼 있어서 전기는 아직 안 들어와요. 근데 좀 좁죠?"

건물 앞에 있는 외등과 달빛 덕에 실내는 물체를 알아볼 수 있을 만큼 밝았다.

"아니요. 오히려 아담해서 좋은데요. 혼자 쓰는 방이 너무 크면 덩그러니 더 외로워 보일 것 같아서 전 싫어요."

현수의 말을 듣고 혜경은 순식간에 표정이 밝아지며 창가로 걸어갔다.

"역시 그렇죠? 이쪽 창가에는 침대를 놓을 거예요. 아침에 일어나면 이 방에서 내가 제일 먼저 햇살을 맞이할 수 있게 말이에요."

"그럼 이쪽에는 화분을 놓으면 좋겠어요. 두 번째로 햇살을 맞을 수 있게요."

"그게 좋겠네요. 그럼 화초는 어떤 게 좋을까요?"

혜경은 잠시 자기 공간이 생긴 흥분을 감추지 못하고 떠들었다.

"그, 글쎄요…"

그녀는 신이 나서 떠들다가 당황해 하는 현수의 목소리를 듣고서야 그들이 처음 만난 사이라는 사실을 떠올렸다. 조금은 쑥스러운 표정으

로 씁쓸하게 웃던 혜경이 제안을 해 왔다.

"입주 파티 같이 해줄래요?"

현수는 그렇게 그녀와 친구가 되었다. 현수가 나가서 입주 파티를 할 간단한 먹을거리들을 사왔다.

바닥에 신문지를 깔아 놓고 앉아 라면을 먹었고 벽에 등을 기댄 편안한 자세로 캔 맥주를 마셨다. 짭짤한 감자 칩을 씹으면서. 조촐하고 쓸쓸한 입주 파티였지만 현수는 모처럼 즐거운 시간을 가졌다. 그들 앞에서는 방을 밝히고 있는 양초가 직직- 거리는 소리를 내며 타고 있었다. 별로 어둡다는 생각이 들지 않을 만큼 알맞은 실내조명이 더욱 그들을 편안하게 해주었다.

"3년쯤 전에 부산에서 올라와 계속 룸메이트들과 같이 지냈어요. 내 꿈을 이룰 때까지는 무슨 일이든 열심히 한다고 했는데… 그 동안 꿈꾸던 일은 시작도 못했어요. 먹고 사는 데 바빴던 거죠. 하지만 이제 혼자만의 집을 얻고 나니 앞으론 다 잘될 것 같아요."

캔 맥주 두 개를 다 비우고 있던 혜경이 애써 밝은 표정을 지으려 하지만 눈에는 또 다시 눈물이 그렁그렁 차올랐다. 현수는 그녀가 눈물을 흘릴까봐 무슨 말이든 해야 한다는 생각이 들었다. 여자의 눈물을 본다는 건 현수로서는 정말 괴로운 일이었다. 착한 남자들은 이런 게 문제다. 그냥 울게 두어도 될 것을.

"꿈꾸던 일이 어떤 건데요?"

그의 질문에 혜경은 손가락으로 눈가를 훔치고 배시시 웃었다.

"말하기 창피한데… 웃지 마세요."

"안 웃을게요. 말해줘요. 듣고 싶어요."

"사실은 네이미니스트가 되는 게 꿈이에요."

"네? 네이 미니스커트?"

현수는 단어가 낯설어 당황하는 표정을 지었다. 혜경은 그런 그가 귀여운 듯 처음으로 소리 내어 웃었다.

"아니요, 네이미니스트요. 전문적으로 캐릭터나 물건의 이름을 지어주는 사람이에요. 어느 정도 업계에서 이름만 좀 알려지면 보수도 엄청나대요."

"그런 직업이 있는 줄 몰랐어요. 왠지 혜경씨랑 잘 어울릴 것 같은데요. 분명 엄청 유명한 네이미니스트가 되실 거예요."

"고마워요. 믿어줘서. 용기가 나네요."

기쁘게 미소 짓는 혜경이 주머니에서 휴대폰을 꺼내어 현수에게 보여주었다.

"이 애 이름은 나님이에요. 하나님처럼 멀리 떨어져 있는 사람의 목소리도 들을 수 있으니까요."

"나님이라… 귀엽네요. 제 이름도 좀 지어주세요. 전 제 이름이 너무 흔해서 마음에 안 들거든요."

혜경이 갑자기 현수의 옆으로 얼굴을 바짝 들이댔다. 그녀의 숨결이

SCENE #1

볼에 닿자 현수는 쑥스러운 듯 고개를 숙이고 말았다.

"고개 좀 이리 돌려봐요. 얼굴을 봐야 이름을 짓죠."

그녀에게서 술 냄새가 났지만 조금도 싫다는 생각은 들지 않았다. 술이 취해서 대담한 건지 원래 성격이 소탈한지 알 수가 없었다.

현수가 고개를 돌리니 두 사람의 얼굴이 가깝게 마주쳤다. 당황하고 긴장이 되었다. 곧 서로의 얼굴이 점점 더 가까워지는가 싶더니 급기야 입술이 닿았다. 그들은 황홀한 듯 눈을 감고 키스를 나누었다.

현수는 꿈이라도 꾸는 표정이 되어 건물 입구로 내려왔다. 2층 열린 창문 사이로 고개를 내민 혜경이 거리로 나서는 현수를 내려다보며 손을 흔들었다.

"저기요!"

혜경이 부르는 소리에 현수는 2층을 올려다보았다.

"그쪽 이름 저한테 말해줬나요? 그 흔하다는 이름말이에요."

"제 이름은 현수예요. 조현수."

"그쪽 새로운 이름 지금 생각났어요. 까치요. 저에게 언제나 반가운 소식들만 전해 줄 것 같아서요. 저한테는 이제부터 까치예요! 알았죠?"

"까치? 조… 까치…?"

좀 이상했지만 현수는 흔쾌히 고개를 끄덕이고 혜경에게 손을 흔들며 길거리를 달렸다. 좋은 꿈이라도 꾸는 기분으로 한없이 밤거리를 달리다가 갑자기 하늘을 향하여 펄쩍 점프도 해 본다. 날 것 같은 기분에.

찰리는 카페에 앉아서도 성급한 마음을 감추지 못했다. 땡땡이 무늬의 실크 스카프를 와이셔츠 속에 묶어 빈 목을 가리고 화려한 금단추가 달린 감색 더블 재킷에 회색 바지를 세련되게 입고 있었지만 옆에서 보기에 그의 행동은 경망스럽기까지 했다. 손바닥을 마구 비비기도 하고 담배를 물었다가 금방 꺼버리기도 하고 시계를 들여다보기도 하면서 안절부절이었다. 찰리가 시계를 보니 약속 시간이 아직 5분이나 남아 있었다. 찰리는 긴장한 마음을 진정시키려는 듯 깊게 심호흡을 해본다. 정말 효과가 있는 것 같았다. 마침 주문한 아이스크림이 나왔다. 안정을 되찾은 찰리가 여유작작하게 천천히 아이스크림을 먹는데 옆 좌석에서 남녀의 대화하는 소리가 들려왔다. 찰리는 그들의 대화에 귀를 기울였다. 휴가 나온 군인과 여대생인 것 같았다.

"많이 보고 싶었어. 바빴니? 면회 못 온 지 한참 됐지?"

군인이 그리움을 참기 어려웠던 듯 벅찬 감정을 숨기지 못하고 있었다.

"미안해. 면회 자주 못가서…"

"아니, 면회 안 왔다고 뭐라고 하는 게 아니라…"

여자가 미안해 하자 군인이 오히려 미안하다는 듯 손사레를 쳤다.

"저것들 오늘로 끝장나겠구먼."

찰리가 혼자 중얼거렸다. 그때 한 남자가 선글라스를 쓰고 카페로 들어섰다. 남자는 실내에 들어와서도 선글라스를 벗지 않았다. 찰리는 남자가 자신의 맞은편에 자리를 잡고 앉는데도 짐짓 여유 있는 척 하며 다시 스푼으로 아이스크림을 떠먹었다. 남자가 서류 봉투를 내밀었다.

"자료는 그 안에 모두 들어 있습니다."

찰리는 한 손으로 서류 봉투를 받으며 스푼의 아이스크림을 빨았다.

"만약 두 집안의 결혼이 성사되는 날에는 업계의 최고 거물 둘이 손을 잡는 격이니 저희는 정말 끝장입니다."

"글쎄, 걱정 마시고 사례금이나 두둑이 준비해두십시오."

"찰리 박, 정말 김선생을 움직일 수 있겠어요? 이런 일을 실수 없이 해낼 사람은 우리나라에서 그 사람, 김선생밖에는 없습니다."

남자는 듣는 사람도 없는데 괜스레 목소리를 낮추며 속삭였다. 찰리는 다시 아이스크림을 한입 떠 넣고는 의미심장한 미소를 지었다.

"나한테 그 양반을 움직일 확실한 방법이 있다니까요."

"입금해드린 착수금은 확인하셨지요?"

"네. 그러니까 여기까지 나왔지요."

"그럼 잘 부탁드립니다."

남자가 인사를 하고 자리를 뜨자 찰리는 스푼을 놓고 담배 한 개비를 꺼내서 피워 물었다. 그런 찰리에게 옆자리에 앉아 있는 남녀의 목소리가 다시 들려왔다. 찰리는 소리가 들리는 쪽으로 고개를 돌려서 남녀를 한 번 보고는 의미심장하게 씩 웃었다.

"미안해 할 것 없어. 너 알바다 시험이다 뭐다해서 바빴잖아. 면회 자주 안 왔다고 탓하는 게 아니라 너 많이 보고 싶었다고. 내 말은…"

"그래도. 미안해."

"괜찮아. 지금 이렇게 보고 있는 데 뭐."

"미안, 나 잠깐만 화장실 좀…"

군인은 여대생이 자리에서 일어나 화장실 쪽으로 사라지는 모습을 사랑 담긴 눈으로 바라보았다. 찰리는 자리에 앉은 채로 군인 쪽을 향해 몸을 기울였다.

"이봐, 군인!"

"네? 저요?"

"그래, 자네 말이야. 음… 이런 말 하기는 좀 잔인하다는 생각도 들지만 자네를 생각해서 하는 말이니 잘 들어 둬. 여자 친구가 오늘 헤어지자고 말할 테니까 마음의 준비를 해두란 말이야."

"네? 그게 무슨…"

여대생이 화장실에서 돌아오는 것을 발견한 찰리와 군인이 재빨리 원위치로 자세를 고쳐 앉았다. 화장실에서 돌아와 다시 자리에 앉은 여대생은 어두운 표정으로 숨을 들이쉬었다.

SCENE #2

"오빠, 우리… 그만 헤어져."

'거 봐라. 자식아, 내가 뭐랬니?

찰리는 어깨를 들썩이며 킥킥 웃고는 피던 담배를 비벼 껐다.

"뭐? 그게 무슨 소리야!"

군인의 놀란 목소리가 찰리의 귓전에 때렸다.

"나 사실은 좋은 사람이 생겼어. 미안해."

찰리는 무거운 분위기의 두 사람을 뒤로 하고 자리에서 일어서서 카운터로 걸어갔다. 카운터 캐시어 아가씨가 계산서를 받아서 계산을 하며 찰리를 흘끔흘끔 살폈다.

"아가씨, 왜? 내 얼굴에 뭐가 묻었나?"

"저 여자 분이 헤어지자고 할지 어떻게 아셨어요?"

"아, 그거? 여자가 여기 들어와서 저 군인한테 걸어갈 때 발걸음이 머뭇거리는 거 못 봤어? 남자 친구가 반가웠다면 걸음이 경쾌하고 가벼웠겠지. 원래 모든 인간의 몸동작은 감춰진 속마음을 대변하는 법이지. 그리고 저 여자, 오늘 이 자리에서만 미안하단 말을 세 번이나 했다구."

"어머, 심리학자신가 봐요?"

카운터 아가씨가 존경스러운 시선을 보냈다. 찰리는 으쓱 어깨를 들어 보이며 웃었다.

"뭐 그런 셈이지."

찰리는 캐시어 아가씨에게 윙크를 날리고 서둘러서 자리를 떴다. 급하게 가야 할 곳이 있었기 때문이다. 그는 택시를 잡아타며 휘파람을 불었다. 모든 것이 계획대로라는 듯.

초인종이 울리자 김선생은 고개를 갸웃거린다.

"올 사람이 없는데…"

현관문을 열어보던 김선생은 찰리가 서 있는 것을 확인하고 얼른 문을 닫으려 했다. 찰리는 그 순간을 놓치지 않고 닫히려는 문 사이에 자신의 팔을 끼워 넣었다.

"아, 선배님. 왜 이러십니까? 꼭 드릴 말씀이 있다고요."

"내가 너 싫어하는 거 모르냐? 좋은 말 할 때 제발 사라져라."

찰리는 끼워 넣은 팔로 문을 밀치며 기어이 실내로 들어서려 했다. 김선생은 그런 그를 냉정한 눈으로 쏘아보았다. 옥신각신하던 두 사람이 지쳤을 때, 문은 활짝 열린 채였다. 찰리는 김선생을 향해 승리의 미소를 흘렸다.

"알았어요. 차 한 잔만 주면 그것만 마시고 알아서 꺼질게요. 됐죠?"

김선생이 하는 수 없이 막고 섰던 문을 포기했다. 그가 집안으로 들어가자 찰리가 따라서 안으로 들어섰다. 주방에서 커피 한 잔을 들고 나와 찰리에게 건네주면서도 김선생은 찰리와 시선을 맞추지 않았다. 커피를 받아든 찰리는 천연덕스럽게 김선생을 올려다보며 느물거렸다.

"혹시 독 안탔죠? 선배."

"야, 내가 어떻게 네 선배냐?"

"까칠하시기는… 같은 업종에 있었으니까 당연히 선배죠. 그럼 후배라고 불러요?"

"같은 업종은 무슨 같은 업종이야! 나는 너 같은 천박한 제비새끼랑은 차원이 달라."

"그래서 말인데요. 그 고차원적인 엄청난 기술을 한 번 좀 발휘해 보십사고 찾아온 거 아닙니까."

김선생은 찰리의 말에 잠시 침묵을 지켰다. 대꾸할 가치도 없다는 듯 시큰둥하게 중얼거리며 그를 경멸스런 시선으로 힐끗 쳐다보았다.

"말 같잖은 소리. 너도 알잖아. 나는 이미 은퇴했다는 걸."

"아, 그거야 다시 컴백하면 될 거 아니오? 요즘 가수 애들 보니까 은퇴했다가 컴백하는 게 유행이더만. 선배가 다시 뜨면 어설픈 기술로 먹고 사는 애들도 확 정리가 될 텐데 말이에요."

찰리의 너스레에 김선생이 측은한 눈으로 돌아보며 쯧쯧 혀를 찼다.

"너 얼마 전에 도박에 손댔다가 있는 거 몽땅 말아 먹었다더니 다시 여자 등쳐서 먹고 사냐?"

"배운 게 도둑질이라고 내가 할 줄 아는 거라고는 여자 꼬드기는 일뿐이니 어쩝니까? 선배는 심리학, 인류학, 또 그 뭣이냐… 하여간 미국 박사 학위도 몇 개나 있고 그렇지, 나야 짧은 가방 끈으로 뭘 해 먹고 살아갑니까? 그러니까 그 긴 가방끈 그냥 썩히지 말고 딱 한 번만 더 작업

하쇼."

찰리는 시위라도 하듯 걸어가서 벽에 걸려 있는 박사 학위 액자들을 손으로 훑어 내렸다. 찰리의 그런 행동이 못마땅한 김선생이 액자들을 떼어서 책상 위에 엎어 놓는다.

"커피 다 마셨으면 쓸 데 없는 소리 그만하고 가거라. 난 이제 그런 짓 안 해. 너도 사람 마음 가지고 노는 거 이제 그만 둬."

김선생은 찰리에게 나갈 것을 강요하며 자신이 먼저 현관 쪽으로 걸어가 문을 열고 그가 나가기를 기다렸다. 그러나 찰리는 전혀 나갈 태세가 아니었다.

"그 여자한테 복수할 수 있는 절호의 기횐데도?"

갑자기 발걸음을 멈춘 김선생이 돌아서지 않은 채 굳은 듯 그 자리에 잠시 서 있었다.

"너 지금 뭐라고 했어? 그 여자라니?"

한참만에야 돌아서는 김선생의 얼굴이 일그러져 있었다. 그의 표정이 험악해지자 찰리는 움찔하며 뒤로 물러섰다.

"아니, 그렇게 성질 내지 말고 제 이야길 좀 들어보세요."

찰리는 서류 봉투에서 무엇인가를 꺼내어 탁자 위에 올려놓았다. 젊은 남자와 여자의 사진이었다.

"민지현 여사의 아들, 성일이에요. 장성일. 한성호텔 상속녀인 희진 양과의 결혼에 양가가 합의한 상태예요. 결혼식은 석 달 뒤고요."

김선생은 탁자 위에 올려진 성일의 사진을 집어서 감회가 새로운 듯 바라보았다. 그의 눈은 갖은 추억과 들끓는 애증으로 그윽해졌다.

"지현이의 아들이 벌써 이렇게 컸나."

"선배를 버린 여자의 아들이에요. 그 말은 선배의 여자를 빼앗은 장가 놈의 아들이란 말이오. 선배는 그 녀석이 행복해지는 걸 원해요?"

무어라 대답을 찾지 못하고 갈등하던 김선생이 사진을 다시 탁자 위에 놓기까지 침묵이 흘렀다.

"이 녀석에게야 무슨 잘못이 있겠나."

"자식의 눈에 눈물이 흐르면 그 부모들의 눈에서는 피눈물이 흐르는 법. 그 방법으로 복수를 하는 거죠. 나한테 묘안이 있어요. 제자를 길러요. 제자에게 선배의 모든 걸 가르쳐서 저 결혼을 깨게 만드는 거요."

"제자?"

"나이든 김선생으로는 될 일이 아니잖아요. 선생이 최고니 제자도 최고가 되겠지. 제자가 상속녀를 유혹하고 그래서 결혼이 깨지면 아들의 불행을 바라보는 부모의 마음은 찢어지겠지요. 그때 비로소 선배의 마음을 찢어놨던 인과응보를 알게 될 거고요. 자신들의 잘못을 뉘우치면 무릎을 꿇고 빌게 될지도 모르는 일이잖아요."

찰리의 말은 조금 전과 달리 확신에 차 있었다.

"벌써 잊지는 않으셨겠죠? 그 쓰라린 배신을."

단호한 찰리의 태도에 김선생은 더 이상 말을 못하고 생각에 잠기며 눈을 감았다.

'지현이가 그렇게 돌아설 줄은 정말 몰랐었어.'

김선생은 차마 그 말을 찰리 앞에 내뱉지는 못했다.

비행기가 뜨고 내리는 것이 내다보이는 공항의 라운지. 젊은 김선생을 마중 나온 자리에서 민지현은 약혼반지를 빼내며 울었다. 김선생이 막 귀국하여 짐을 찾아들고 미칠 것 같은 그리움에 가슴을 떨면서 그녀와 마주 앉았을 때였다. 그런 기가 막힌 일이 기다리고 있는 줄 알았다면 아마도 그는 비행기에서 내리지 않았을 것이다. 하이재킹을 해서라도 비행기를 되돌렸을 것 같았다. 그녀의 블라우스 위로 눈물이 떨어졌다.

"미안해요. 당신이 없는 동안 좋아하는 남자가 생겼어요."

그녀가 탁자 위에 빼놓은 반지를 집어 드는 김선생의 손이 부들부들 떨렸다.

"이런 장난 하는 거 아니야. 어서 끼어. 지현아, 농담하지 마. 네가 그럴 리가 없어. 네가 그럴 리가…"

지현에게 반지를 내밀고 있는 손이 점점 더 떨리더니 급기야 김선생은 허공에서 반지를 떨어뜨렸다. 그의 뺨이 씰룩거리고 입가에 파르르 경련이 일어났다.

"정말 미안해요. 너무 외로웠는데… 좋은 사람을 만났어요."

SCENE #2

김선생의 눈에도 눈물이 고이는가 싶더니 이내 뺨을 타고 흘러내렸
다.

"거짓말이라고 말해 주면 안 되겠니? 거짓말이라고 말하란 말이야!
농담이라고."

"이러지 말아요. 이런다고 벌어진 일이 없던 일이 되진 않아요. 이만
일어나요."

그는 지현의 말이 도저히 믿을 수 없어서 아무 말 없이 그 자리에 앉
아 있었다.

"지현 씨가 이만 일어나자고 하잖아요."

굵은 남자의 목소리가 들려왔다. 김선생이 목소리를 따라 올려다보니
한 건장한 남자가 그들 앞에 서 있었다. 김선생은 그가 자신의 사랑을
빼앗아간 그 남자라고 직감했다. 무슨 말이든지 하려고 자리에서 일어
섰지만 어떻게 된 일인지 아무 말도 할 수 없었다. 아니, 말을 할 수 없
었던 것이 아니라 갑자기 성대라도 잃은 듯 목소리조차 나오지 않았다.
그는 알고 있었다. 자신의 소심증이 발동한 것이라는 것을. 지현은 남자
의 옆에서 어떤 말인가를 기다리는 듯 애틋한 시선으로 김선생을 바라
보았다. 김선생은 세상에 태어나서 처음으로 말을 하는 아기처럼 힘겹
게 입을 열었다.

"누, 누구시죠?"

"저요? 이 여자 애인입니다. 지현 씨가 힘든 것 같으니 저희는 이만

실례하겠습니다.”

　남자는 김선생에게 보여주기라도 하려는 듯 지현의 볼을 잡고 가볍게 입을 맞췄다. 볼을 내맡기면서도 지현은 의미 모를 말을 눈빛으로 건네며 김선생에게서 시선을 놓지 않았다. 지현과 남자는 결국 그에게서 등을 돌려 라운지를 걸어 나갔다. 라운지에 그렇게 홀로 남겨진 김선생의 눈에서는 눈물이 흘러내렸다. 사랑하는 여자를 떠나보낸 남자의 뜨거운 눈물이.

　‘그때 내가 조금만 더 자신 있는 태도로 그녀를 사랑한다고 말했다면 어떻게 되었을까? 아니야, 그랬어도 지현이는 결국 나에게 돌아오지 않았을 거야. 그녀는 이미 다른 사람을 사랑하고 있었으니까…’

　김선생은 긴 회상에 잠긴 채 눈을 감고 있었다.

　“그 여자에 대한 원망 때문에 선배가 그 기술들을 개발한 걸 알거든요. 이제는 그 기술로 복수할 마지막 기회가 온 거예요!”

　김선생은 감았던 눈을 조용히 떴다. 찰리를 바라보며 말없이 좌우로 고개를 저었다. 찰리는 한숨을 쉬며 탁자 위에 명함을 꺼내어 놓고 자리에서 일어섰다.

　“마음이 바뀌면 전화 주쇼. 지금은 심경이 복잡할 테니…”

　몸을 돌려 현관 쪽으로 나서려는 찰리를 향해 김선생이 무겁고 낮은 목소리로 입을 열었다.

SCENE #2

"너 이러는 거… 돈 때문이냐?"

"선배 말대로 선배를 만나기 전까지 나는 그저 여자들 등이나 쳐 먹는 천박한 제비였죠. 하지만 선배의 그 화려한 기술을 보며 유혹이란 행위가 얼마나 아름다울 수 있는지를 알게 됐어요. 나 아직도 삼류 인생이지만 더 이상 사람 마음 가지고 노는 짓은 안 해요. 단지 그 기술을 다시 한 번 보고 싶을 뿐이요. 그 최고의 '유혹의 기술' 을!"

찰리는 그때 김선생의 흔들리는 눈빛을 읽었다. 김선생 역시 찰리의 그 말이 마음에도 없이 지껄이는 헛소리가 아님을 읽었다. 서로 강렬한 눈빛이 오가고 그들은 말없이 헤어졌다.

현수는 땅거미가 내려앉고 있는 저녁 무렵 말끔한 차림으로 꽃가게에 들어섰다. 그는 이것저것 살펴보다가 화분 하나를 골라 기분 좋게 계산을 치렀다. 그의 표정이 차림만큼이나 산뜻하고 밝아 보였다.

"산세베리아는 실내 공기를 청정하는 효과가 있어요. 식물 공기청정기인 셈이죠. 물은 너무 자주 주지 마시고요."

꽃가게 아가씨가 계산을 하며 열심히 설명해 주었지만 현수는 건성으로 '아, 예, 예' 하고 대답할 뿐 마음이 바빴다. 현수는 거스름을 받아 대충 주머니에 구겨 넣고 꽃가게를 나와 길을 건넜다.

"아니, 저 녀석… 야, 배달부!"

마켓에서 빵과 우유를 사들고 나오던 김선생이 현수를 발견하고 손짓

해 불렀지만 그는 벌써 길을 건너가서 그의 부름을 듣지 못했다.

이미 어두워진 거리에서 현수는 갈 길이 바쁜 사람처럼 오로지 걸음만을 재촉했다.

"어, 저 자식! 어딜 가느라고 저렇게 정신이 없는 거야?"

호기심이 발동한 김선생은 급히 현수의 뒤를 따라 걷기 시작했다.

"이놈아, 너 때문에 저녁도 굶고 있다가 빵 사러 나왔단 말이야."

김선생은 저녁 식사가 오기를 기다리다 지쳐 중국집에 전화를 걸었었다.

"여덟시가 넘었는데 배달부는 왜 안 오는 거요?"

"오늘 그 알바가 쉬는 날이에요. 선생님이 딴 배달부는 싫다고 하셨잖아요. 딴 사람 시켜서 보내 드릴까요?"

"됐어요."

"배달부 자식, 도대체 누구 맘대로 쉬고 난리야. 내가 저녁을 먹던 말든 자기는 상관없다 이건가? 제기랄. 오늘 저녁은 꼼짝없이 굶어야 되겠구먼."

굶을 참이었지만 배가 심하게 고파서 결국 빵을 사러 나선 것이었다. 당연히 배달부 놈이 괘씸했던 차였다.

"얌마, 거기 안 서! 내가 지금 너 때문에 밥도 굶고 있다고 하잖아!"

김선생은 집요하게 현수를 부르며 따라 붙었다. 그의 외침에도 현수는 전혀 듣지 못하고 정신없이 자기의 길을 가고 있었다.

SCENE #2

현수가 걸음을 멈춘 곳은 허술한 원룸 건물 현관 앞이었다. 화분을 들고 서 있는 현수의 얼굴이 외등 불빛에 선명하게 드러났다. 분명 설레는 표정이다. 그때 혜경이 골목을 돌아서 건물 쪽으로 걸어오다가 현수를 발견하고 움찔 놀랐다. 반가운 표정의 현수와는 달리 당황하는 기색이 역력했다. 김선생은 멀찌감치 떨어져 현수와 여자를 지켜봤다.

"어, 까치 씨…"

"혜경 씨, 집에 어떤 화분을 놓으면 좋겠느냐고 물어봤었죠? 좋은 걸 찾아냈어요."

현수는 혜경을 향해 수줍게 화분을 내밀었다. 당황하는 혜경이 화분을 받지 못하고 우물쭈물하는데 뒤에서 건장한 남자가 걸어오며 그녀를 불렀다.

"먼저 들어가 있으라니까 거기서 뭐해?"

현수가 혜경의 뒤쪽을 보니 횡단보도에서 그녀의 빰을 때렸던 남자였다. 그가 혜경의 애인이었던 것이다.

"응. 누굴 좀 만나서…"

남자는 가까이 다가와 혜경의 앞에서 화분을 들고 선 현수를 못마땅한 시선으로 훑어봤다. 김선생은 세 사람이 하는 양을 흥미진진한 눈초리로 바라보며 벽 쪽에 몸을 붙였다.

'녀석, 어쩌나 보자.'

김선생은 배고픔도 잊어 버렸다. 남자가 현수 앞으로 한 걸음 더 다가

섰다.

"당신 뭐야?"

자기 암컷을 지키려는 수컷처럼 경계심을 보이며 남자가 험악하게 묻자 현수는 그 자리에 얼어붙은 듯 서 있을 뿐 아무런 대답도 하지 못했다.

'녀석아! 여자는 네가 자기를 사랑하는 사람이라고 자신 있게 말해주기를 바라고 있어. 어서 말해야지.'

김선생은 세 사람의 상황을 멀리 뒤에서 바라보며 안타까운 듯 혼잣말을 중얼거렸다. 그의 손에 힘이 주어졌다. 남자는 현수를 뚫어지게 노려보고 혜경은 현수를 애원하듯 바라보았다. 현수의 얼굴 위로 흐르는 진땀처럼 느리게 흘러가는 시간과 무겁게 내려앉는 침묵에 김선생은 화가 치밀었다.

'말해. 말해야 돼.'

"저는…"

여자의 애원하던 눈빛이 기대감에 찬 눈빛으로 바뀌는 것을 김선생은 멀리에서도 감지할 수 있었다.

"그, 그러시는 그쪽은 뭡니까?"

현수가 혜경과의 관계에 대해 무슨 말인가를 하려다가 갑자기 자신감을 잃고 말을 바꾸었다. 남자는 그를 향해 경멸하는 미소를 흘리며 혜경에게로 걸어가 갑자기 억세어 보이는 팔로 그녀의 허리를 감싸 안았다.

SCENE #2

"나? 나 이 여자 애인이다. 왜? 알았으면 사라져 주시지."

남자는 현수에게 보여주기라도 하듯 혜경의 볼을 잡고 가볍게 입을 맞췄다. 볼을 내맡기면서도 현수를 애타게 바라보는 혜경의 눈에서 눈물이 흘러내렸다. 김선생은 그 모습을 바라보며 안타까운 듯 발을 굴렀다. 남자는 현수를 비웃으며 혜경의 팔을 끌고 건물 안으로 사라져버렸다. 결국 현수는 혜경을 놓아주듯 들고 있던 화분도 손에서 놓아 버렸다. 화분은 무참히 깨어지고 산세베리아는 흙덩이와 함께 나뒹굴었다. 김선생의 눈에는 골목에 홀로 서서 고개를 숙이고 있는 현수의 초라한 뒷모습만이 보일 뿐이었다.

"어이, 이봐. 배달부!"

김선생은 현수에게 가까이 다가가 그를 불렀다. 부름을 듣고 뒤를 돌아보는 현수의 눈에서는 눈물이 흘러내리고 있었다. 김선생에게는 의외의 일이었다. 현수의 흐르는 눈물을 보게 되리라고는 예상치 못했기에 잠시 숨을 멈추었다. 공항 로비에서의 자신의 옛 모습을 보는 것 같았다. 무언가 하려던 말을 접고 잠시 현수를 바라보았다.

"배달부! 여자들이 널 그렇게 힘들 게 하나?"

"난… 더 이상 이렇게는 살기 싫어요. 왜 난 항상 이런 꼴로 살아야 하는 거죠?"

감정이 격해진 현수는 아무런 부끄러움도 느끼지 않았다. 자신이 너무 싫었다. 현수의 울음 섞인 말소리에 김선생의 가슴이 저려왔다.

'나쁜 년들. 저 착한 아이에게 너희들이 무슨 짓을 했는지 알기나 하는 거냐?'

그는 무언가를 결심한 듯 비장한 눈빛으로 현수를 바라보았다.

"이제부터 너는 그렇게 살 필요가 없다. 너에게 내가 가진 비장의 기술을 가르칠 테니까. 내가 최고의 선물을 주마."

그때 갑자기 소나기가 쏟아지며 두 사람을 적셨다. 눈물이 흐르던 현수의 얼굴도 곧 비에 젖어갔다. 그 날 그 비가 조금만 일찍 내려서 현수의 눈물을 지워버렸다면, 그래서 김선생이 그의 눈물을 보지 못했다면 현수의 인생은 결코 바뀌지 않았을 것이다. 운명처럼 김선생은 현수의 눈물을 보았다.

　김선생은 무수히 많은 책이 꽂힌 자신의 서재에 서 있었다. 현수는 강의를 듣는 착한 학생처럼 의자에 바르게 앉아서 김선생을 올려다보았다. 그는 이 모든 것들이 그저 어리둥절할 뿐이었다.

　"인류학, 심리학, 최면술 등 여러 가지 학문을 총망라해서 '유혹의 기술' 이라는 이름을 붙이고 정리한 것은 나지만 내가 최초로 만든 것은 아니야."

　김선생이 실내 스위치를 내려 불을 끄고 리모컨을 누르자 벽에 붙은 대형 모니터에 화면들이 나타났다.

　해가 뜨고 꽃이 피고 나비가 날아다니는 대자연의 모습이 고속 촬영 화면으로 지나가고 공작새가 화려한 꼬리를 펼치고 사자가 위엄있는 갈기털을 뽐내는 장면들이 소개됐다.

　"유혹의 기술은 이 지구상에 생명이 존재하면서부터 생존경쟁의 한 방법으로 이어져 내려온 자연의 원리이며 법칙이야. 이 기술을 습득한 개체는 2세를 통하여 자신의 유전자를 보존할 수 있었지만 그렇지 못한 개체는 유전의 소멸이라는 혹독한 대가를 치러야 했어."

　현수는 모니터에서 눈을 떼지 못한 채 김선생의 강의를 진지하게 들었다. 화면에는 잠자리 한 쌍이 나무 가지 위에서 엉겨 붙은 채 교미를 하고 있는 모습이 나오고 있었다. 이어서 각종 곤충과 짐승들이 교미하는 모습이 차례로 빠르게 지나갔다. 민망해서 얼굴이 빨개진 현수는 실내가 어두운 것이 다행이라는 생각이 들었다.

"모든 생물의 유전자 전달은 섹스라는 행위를 통하여 이루어지기 때문에 섹스의 권리를 얻는 것은 곧 유전자의 생존을 의미하는 거야. 그래서 섹스의 권리를 차지하려는 유혹자는 항상 경쟁자들을 전사의 눈으로 바라보게 되는 거지."

김선생의 설명과 상관없이 화면은 거침없이 흘렀다. 화면 속에서는 침팬지들이 뛰어 놀고 있는 정글의 모습이 나왔고, 유독 과격한 침팬지가 다른 침팬지들을 손으로 할퀴고 이빨로 물어뜯으며 위협했다.

"영장류의 수컷이 이렇게 자신을 과시하는 이유는 섹스 파트너의 선택권이 암컷에게 있기 때문이야. 자연에서는 약한 성이 항상 파트너를 선택하는 결정권을 쥐고 있지. 결국 수컷들은 암컷에게 자신의 우월함을 과시해야만 섹스의 허락을 얻게 된다. 그래서 우리는 암컷이 수컷에게 '준다' 라고 표현하는 거야. 다시 말해서 암컷에게 섹스는 곧 권력이야."

"그러면 유혹의 기술을 익혀야 하는 건 수컷뿐인가요?"

"안타깝지만 인류학적인 이론으로 보자면 그래. 수컷에게만 허락된 공작새의 깃털이나 사자의 갈기를 보면 알겠지만 이 세상의 모든 종은

SCENE #3

수컷이 암컷보다 더 화려하지. 암컷을 유혹하기 위해서 말이야. 유혹이야말로 수컷이 살아남는 길이야.”

“그럼 암컷은 유혹을 하지 않는다는 이야긴데 그건 아닌 것 같은데요?”

“암컷도 유혹을 하지만 그것은 발정기 때에 분비되는 특별한 화학물질과 그것을 통한 수컷의 오감적 반응에 의한 거지 익혀진 기술에 의한 유혹은 아니야. 극히 원초적이고 본능적인 수준인거지.”

“하지만 인간에겐 발정기란 것도 없고 오히려 여자가 더 화려하게 꾸미려고 노력하잖아요. 그건 어떻게 설명하죠?”

현수의 궁금증은 끝이 없었다. 현수는 김선생의 이론이 도무지 이해가 되지 않았다.

“좋은 질문이야.”

김선생은 현수가 질문을 하는 만큼이나 의욕도 갖고 있음을 알고 있었다. 그가 현수의 질문에 신이 나서 대답하는 모습은 강의를 하는 선생님보다는 손님을 모으는 약장수에 가까워 보였다.

“자, 그럼 이번에는 인간의 모습을 한 번 보자고.”

그가 리모컨으로 화면을 얼마간 빠르게 넘기자 동식물이 사라지고 사람의 모습이 화면에 펼쳐졌다.

화면 속에서는 임신을 해서 배가 산만큼 부른 원시인 여자가 고통스럽게 입술을 악물고 간신히 동굴로 기어서 들어갔다. 그리고 곧 동굴 안에서 원시인 여자의 처절한 비명소리, 이어서 아기의 울음소리가 들려오지만 더 이상 원시인 여자의 기척은 들리지 않았다.

"인간은 직립 보행을 해야만 했기에 여성의 골반 크기에는 한계가 있었어. 인간의 생존을 위한 유일한 무기는 바로 뇌였기 때문에 머리의 크기를 줄이는 것도 불가능했던 거야. 결국 좁은 산도에 아기의 큰 머리가 걸려 산모가 죽는 '모체 사망'은 인류의 생존에 위협이 되었던 거지. 현대 의학이 발달한 지금도 인간 산모의 사망률이 다른 종에 비해서 월등히 높은 것이 그 증거야."

정신이 아찔할 정도의 야한 차림으로 거리를 걷고 있는 현대 여성과 그녀를 정신없이 쳐다보는 주변 남자들의 장면이 화면 속에서 이어졌다. 호젓한 강가에 세워져있는 차 안에서 여자에게 키스를 시도하다가 따귀를 맞는 남자는 황당한 표정으로 씩씩거렸다.

"섹스를 하지 않으면 애도 안 낳고 그러면 죽을 일도 없을 테니 목숨을 보존하려는 인간 여자들은 배란기를 철저히 감추게끔 진화했지. 여성은 모든 동물 가운데서 발정기를 갖지 않는 유일한 동물이야."

화장대 앞에 앉아서 화장을 하고 있는 여자의 모습과 미술관에 걸린 오래된 명화 속의 아름다운 여인들의 모습이 화면 속에서 차례로 지나갔다.

"그래도 최소한 종족보존은 필요했기에 발정기가 없어진 여성이 남성을 유인하는 가장 큰 무기는 미모야. 그러나 여자의 생존하려는 욕구는

SCENE #3

성욕을 의지로 제어할 수 있게끔 만들었기 때문에 지구상에서 인간 여성만큼 성욕을 잘 참을 수 있는 동물은 존재하지 않아."

자신의 팔에 붙어서 애교를 떨고 있는 여자에게 돈을 꺼내주는 남자가 화면에 나타났다. 그는 돈을 주면서도 오히려 기분이 좋아 보였다.

"그래서 여성에게 섹스는 다른 어떤 동물의 그것보다 가장 정치적이고 강력한 무기가 된다. 남자 또한 그만큼 정치적이고 전략적이지 않다면 원하는 여자와의 섹스는 결코 얻을 수 없어."

김선생은 리모컨을 들어서 모니터의 전원을 끄고 강렬한 눈빛으로 현수를 돌아보았다.

"어떠냐? 이해가 가냐? 언제든 원하는 것을 가질 수 있는 남자가 되려면 유혹의 기술을 익혀야 하고 또 네가 기술을 익혀야 하는 이유가 바로 이거야!"

"잠, 잠깐만요. 결국 그 유혹의 기술이란 것이 사랑을 얻기 위한 게 아니라 섹스를 얻기 위한 것 같이 들리는 데요?"

그 말에 김선생은 뚜벅뚜벅 걸어와 현수에게 얼굴을 바짝 들이대며 속삭이듯 낮은 목소리로 말했다.

"그렇게 여자들한테 당하고도 모르겠냐? 사랑이란 섹스를 권력으로 이용하려는 인간 여자들이 자신의 교활함을 합리화하기 위해서 만들어낸 의미 없는 단어일 뿐이야."

현수는 여자들에 대한 증오심으로 타오르는 김선생의 눈을 두려운 표정으로 바라보았다. 예전에는 단 한 번도 본 적이 없는 그의 표정에 주죽마저 드는 느낌이었다.

'정말 이런 기술을 배워도 되는 걸까?'

현수가 막연한 두려움 속에서 간신히 결심을 하고 나자 김선생은 한 마디를 더 덧붙였다.

"일반적으로 남자들은 여자가 '좋은 남자'라고 칭찬을 하면 작업이 어느 정도 진척이 된 거라고 생각하지만 좋은 남자란 말은 남자로서 매력이 있다는 뜻이 아니야. 성격이 나빠도 남자로서의 매력이 있는 게 더 중요한 일이지. 일단은 너의 그 착한 외모부터 버리는 거야."

김선생은 다음날부터 현수의 일거수일투족까지 모두 '새로 태어난 현수 만들기'에 심혈을 기울였다. 미장원으로 끌려간 현수는 미용사 옆에 서서 스타일을 일일이 코치하는 김선생을 보며 묘한 정겨움을 느꼈다. 목을 덮을 정도로 길었던 현수의 머리가 잘려 나가자 착해 보이던 모습도 함께 잘려져 나가는 것 같았다.

대중목욕탕에서 목욕을 하며 김선생과 현수는 서로 등을 밀어주기도 하고 물장구를 치며 장난을 하기도 했다. 거울 앞에 서서 김선생은 현수에게 제대로 면도하는 법을 가르쳐 주기도 했다. 마치 아버지라도 된 것처럼. 그의 코치에 따라 안경을 벗어 던지고 콘택트렌즈도 맞추었다.

"점점 꼴이 돼 가는구먼. 따라 와."

"또 어딜 가려고요?"

현수는 어쩔 줄 몰라 망설이면서도 김선생을 쫓아갔다. 백화점 남성 의류 매장에서 김선생이 골라준 옷을 입어보느라 현수는 정신이 없었다. 김선생이 계속해서 입은 옷을 퇴짜 놓고 또 다른 옷을 입으라고 하자 현수는 조금씩 지쳐갔다. 현수는 심드렁하고 귀찮은 표징으로 새로운 옷을 입고 피팅룸에서 나왔다. 검은 셔츠에 스키니한 대님 진을 입은 현수가 매력적이었다. 김선생은 비로소 그런 현수의 모습에 흐뭇한 얼굴로 오케이 사인을 보냈다. 현수는 그의 얼굴에 감도는 인정스런 미소를 보면서 그가 아버지 같다는 생각을 해보기도 했다.

"됐다. 오늘은 여기까지 하자. 고단하냐?"

양손에 쇼핑백을 주렁주렁 들고 김선생의 집으로 돌아오자 현수는 드러눕고 싶은 마음뿐이었다.

"젊은 놈이 고작 그 정도 가지고 그렇게 피곤해?"

"선생님은 입으로만 일하셨잖아요."

"아직 할 일이 남았다."

집에 들어와서 소파에 엉덩이를 붙이자마자 김선생은 영화 디브이디를 한 아름 꺼내서 현수에게 건네주었다. 주로 멋진 남자 주인공이 등장하는 영화들이었다.

"이건 왜요?"

"내일부터 본격적인 훈련을 시작할 테니까 내일 아침까지 이 영화에 나오는 남자 주인공들의 미소를 연습해 놔."

현수가 얼핏 보아도 디브이디가 열장은 넘어 보였다.

"네? 하룻밤 동안 이 영화를 다 보라고요?"

"영화를 보라는 게 아니야. 주인공의 미소를 보라는 거지. 내일 아침에 일어나서 검사할 거야."

김선생은 피곤한 듯 하품을 하며 현수를 거실에 남겨두고 방으로 들어가 버렸다. 현수는 소파에 기대어 거의 감긴 눈으로 영화를 보며 계속해서 주인공들을 따라 미소를 지었다. 현수는 여러 스타일의 미소를 짓다가 그대로 고개를 숙인 채 잠에 빠져들었다.

김선생이 잠옷 차림으로 방에서 나와 주방으로 향하다 소파에 앉아서 잠든 현수를 발견했다. 물 한 잔을 들고 다시 주방에서 나온 김선생은 켜져 있는 티브이를 조용히 껐다. 티브이가 꺼지자 소파에 기댄 채로 잠들었던 현수가 반사적으로 깨어나 김선생에게 연습한 미소를 지어 보였다. 김선생은 현수가 자신을 향하여 음흉하고 느끼한 미소를 짓자 흠칫 놀라 한발 뒤로 물러서며 말을 더듬었다.

"야, 너… 너 왜 이러냐?"

"미소 짓는 연습을 하라고 하셨잖아요. 제가 깜빡 졸았나 봐요."

"야, 그건 아니야. 오늘은 일단 자는 게 낫겠다."

현수는 그 말이 떨어지기가 무섭게 소파에 몸을 눕히더니 잠에 곯아떨어졌다. 김선생이 빙긋이 웃으며 물잔을 들고 자신의 방으로 들어가자 온 집안은 적막에 휩싸였다.

일주일 뒤 김선생은 그에게 외출 준비를 명령했다. 두문불출하고 그의 강의만 들으며 온 몸을 비틀던 현수로서는 반가운 소리였다.

"외식이라도 하려고요?"

"배운 데까지는 실습을 해야지."

그는 현수가 옷 입는 일에서부터 머리 손질까지 일일이 신경을 쓰며 외출 준비를 거들었다. 김선생을 따라서 지하철 안으로 들어서자 현수는 놀란 표정을 감추지 못했다. 한 칸의 지하철 안에 남자는 거의 없고 책을 든 여대생만이 가득했다. 어리둥절한 현수의 귀에 대고 김선생이 말했다.

"이 시간대에 앞 칸은 여대로 가는 출구와 제일 가까워서 대부분 여학생들이 이용하지. 그러니 놀란 얼굴 좀 그만해."

김선생이 여학생들 사이를 비집고 들어서 가장 가운데 자리 쪽으로 걸어갔다. 현수는 의아한 표정을 지으며 김선생을 뒤따랐다. 마침 가운데 난간 쪽에 자리가 나자 김선생이 먼저 자리 잡고 앉아 눈짓으로 현수에게 옆자리에 와서 앉으라는 신호를 보냈다. 그가 옆자리에 앉는 현수의 귀에 속삭였다.

"자. 지금부터 시작하는 거야."

말을 마치자 김선생은 자리에서 일어나 조금 떨어진 곳으로 가 버렸다. 고개를 숙이고 있던 현수는 조금 머뭇거리다가 다시 고개를 들었다. 그의 귀에 김선생의 강의가 또렷이 되살아나 들려왔다.

　"침팬지의 암컷은 수컷의 외양에 유혹당하는 것이 아니라 수컷의 과시적인 구르기 동작 등에서 우수한 유전자의 기호를 간파하는 거야. 인간도 침팬지와 크게 다르지 않아서 여자들이 남자를 보았을 때도 단 몇 초 내에 본능적으로 남자의 우두머리적인 기질을 읽지."

　현수는 크게 숨을 한번 들이쉰 후 지하철 안의 여자들과 눈이 마주칠 때마다 피하지 않고 연습했던 미소를 지어 보였다.

　"이 중에서 그 몇 초 내에 파악 될 수 있는 것이 뭐겠니? 바로 눈빛과 미소야. 첫 유혹은 항상 여자에게 자신 있는 눈빛을 건네는 것으로 시작되지. 오늘 지하철에서는 눈빛을 마주치는 연습을 할 거야."

　현수가 여자들과 눈빛을 마주치면서 미소를 지으면 그에 따른 반응도 각각이었다. 그의 미소에 응답하여 함께 미소를 짓는 여자가 있는가 하면 눈을 피하는 여자도 있었다. 또 어떤 여자는 자신을 향해 미소를 짓는 현수를 변태 보듯 하기도 했다. 여러 차례 미소 던지기를 한 끝에 현수와 눈을 마주치던 한 여자가 갑자기 현수에게로 다가왔다. 현수는 갑작스러운 여자의 행동에 조금 당황했지만 무슨 말이 나올지 궁금하기도 했다.

　"저… 괜찮으시면 다음 역에 내려서 저와 차 한잔 하실래요?"
　"네?"
　현수는 여자의 예상 밖의 제안에 그만 할 말을 잃고 말았다. 그는 혹시 여자가 '그쪽 나 알아요?' 하고 따지거나 화를 내지 않을까 염려하던 참이었다. 지금 이 상황을 믿지 못하겠다는 듯 멍하게 여자를 바라보고 있는 현수에게 재빨리 김선생이 다가와 상황을 수습했다. 김선생은 현수에게 말을 건 여자의 옆으로 가서 조용히 무슨 말인가를 속삭였다. 여자가 역겹다는 표정으로 김선생과 현수를 번갈아 보고는 지하철에서 내렸다. 현수는 방금 전의 경험이 경이롭다는 표정을 지으며 김선생에게 물었다.

"뭐라고 그러셨어요?"

"아가씨의 적극적인 태도는 마음에 들지만 오늘 이 애는 내거라고 했지."

"네?"

"왜 맞는 말이잖아. 너는 오늘 내가 실습시키려고 데리고 나온 거니까 말이야."

현수의 얼굴이 붉으락푸르락하자 김선생이 재미있다는 듯 껄껄 웃었다.

"그런데 정말 신기하긴 신기하네요. 눈빛과 미소 한 방에 여자가 데이트를 청하다니."

"신기해 할 거 없어. 눈빛과 미소 훈련만 잘 되면 이런 일은 앞으로도 계속 생길 테니까 말이야."

그 날 밤 현수는 설레는 마음을 진정시키느라 애를 먹었다. 늘 거절당하고 돌아서야 했던 그로서는 새로운 경험이었다. 미소 한 번 던졌을 뿐인데 여자가 먼저 다가와 차를 마시자고 하는 일이 벌어진 것이다. 현수는 앞으로 김선생만 잘 믿고 따르면 다른 인생을 살 수 있을 거라는 자신감이 생겨났다. 첫 실습에서 용기를 얻은 현수는 더욱 더 훈련에 열중했다.

이번에는 김선생이 완전하게 다른 훈련에 현수를 몰아넣었다.

김선생은 현수가 마치 가수라도 된 것처럼 그를 녹음실로 데려가 헤드폰을 씌우고 마이크 앞에 앉혔다. 현수는 녹음실에, 김선생은 컨트롤실에서 마이크를 통해 대화를 주고받았다.

"여긴 내 후배 녹음실이야. 작업은 주로 밤에만 하니까 낮엔 우리 맘대로 사용해도 돼. 지금부터 내가 적어준 문장을 반복해서 읽으면서 가장 감미롭게 들릴 수 있는 너만의 억양을 찾아내는 거야."

현수는 김선생이 건네준 종이쪽지를 펼치고 쑥스러운 표정을 지으며 읽기 시작했다.

"현재 태풍이 북상 중. 남부 지방에 강한 비가 예상됨. 현재 태풍이 북상 중. 남부 지방에 강한 비가…"

종이에 적혀있는 문장을 반복해서 몇 번 읽어보던 현수는 못마땅한 듯 김선생에게 항의를 했다.

"이런 문장이 어떻게 감미롭게 들릴 수 있어요?"

"커뮤니케이션 이론에 따르면 전체 의사소통의 약 7퍼센트만이 대화

SCENE #3

의 내용을 통하여 이루어지고 약 38퍼센트는 음조나 억양을 통해서 이루어져. 나머지 55퍼센트는 표정과 몸짓 등 시각적 요소로 이루어지는 거야. 결국 말의 뜻보다 억양과 표정이 더 중요하다는 거지. 오늘은 억양을 연습하는 거야. 연습만 제대로 된다면 어떠한 내용의 문장이라도 감미롭게 들릴 수 있으니 잔말 말고 해.”

현수는 하는 수 없이 다시 최대한 부드러운 목소리로 문장을 반복해 읽기 시작했다.

김선생과 같이 생활을 하면서 현수는 그가 의외로 다정다감한 사람인 것을 알게 되었다. 자장면을 배달할 때마다 밥맛 없고 재수 없다고 투덜거리던 일이 미안스러울 정도였다. 그리고 그가 자기만큼이나 외로운 사람임도 알았다. 어느 정도의 시간이 흐르자 기술을 익히는 일보다 그와 함께 생활하는 일 자체가 더 큰 즐거움일 때도 있었다. 아버지의 사랑을 알지 못하는 현수로서는 새로운 사랑의 발견을 한 셈이었다. 한편으로는 그가 꽤 많은 돈을 자신을 위해 지출하고 있다는 생각에 마음이 무겁기도 했다. 현수는 자신도 모르게 점점 그에게 빠져들었다.

계절은 겨울로 들어서고 있었지만 날씨가 화창해 그들은 공원으로 산책을 나섰다.

김선생은 벤치에 나란히 앉아 자기가 어떤 동작을 하면 현수가 그와 거의 비슷한 동작을 따라하는 일을 반복하게 했다. 김선생의 지시에 따라 그가 손을 우아하게 쳐들면 현수도 손을 우아하게 쳐들었다. 김선생이 고개를 돌리면 현수도 그렇게 했다. 서로 마주보고 앉아 똑같은 동작을 하는 두 남자를 공원에 산책 나온 사람들은 이상한 눈으로 바라보았다. 현수는 그런 사람들의 눈길을 의식하면서 창피함을 무릅쓰고 그의 지시에 따랐다.

"불어에 '라포르'라는 것이 있어. 무의식 수준의 동조를 이야기 하는 건데. 상대의 동작을 모방하여 따라하면 상대방은 알지 못하는 사이에 나에게 라포르를 느끼게 돼. 이것을 거울에 비추기, 즉 미러링이라고 하지. 여기서 주의할 점은 상대가 느끼지 못하게 자연스럽게 따라해야 한다는 거야. 안 그러면 상대가 반감을 가질 테니까. 예를 들자면 여성과 식사할 때가 절호의 찬스지. 상대가 나이프를 들면 나도 나이프를 들고, 상대가 포크를 집으면 나도 포크를 집고, 상대가 와인을 마시면 나도 와인을 마시는 거야."

김선생이 하는 동작을 따라하던 현수가 더 참지 못하고 갑자기 자리에서 벌떡 일어섰다.

"대체 이런 이상한 기술을 언제까지 배워야 되는 거죠?"

"기술? 나는 아직 너에게 기술을 가르친 적이 없는데? 지금 하는 건 단지 본격적으로 기술을 배우기 위한 기초 훈련에 불과해."

"네? 여태까지 다 기초 훈련이었다고요?"

"무술에서도 내공이 있어야 초식을 익힐 수 있는 것처럼 유혹의 기술도 기본이 안 되어 있으면 배워도 써먹을 수가 없어. 네 놈의 내공은 아

직 멀었어! 기술은 아직 시작도 안 했다."

　김선생은 기분이 상한 듯 벤치에서 일어나 현수를 남겨둔 채 휑하니 멀어져 갔다. 현수는 곧 남의 눈을 의식하여 창피함을 참지 못하고 김선생의 심기를 불편하게 한 것을 후회했다. 김선생이 시야에서 사라지자 현수의 어깨에 힘이 빠졌다. 여태 살아온 것과 다른 인생을 한 번 살아보고자 했으면 어떤 창피, 어떤 수모도 견뎌야 한다는 사실을 그는 잠시 잊었던 것이다. 소연을 기억하고 혜경을 기억하고 지나간 자기 자신의 비참함을 떠올리며 그는 김선생이 사라진 쪽을 향해 힘차게 내달리기 시작했다.

　"사부님! 같이 가요."

　현수는 공원에 있는 사람들에게 들으란 듯이 소리를 질렀다. 자신의 다짐을 스스로 확인하는 중이었다.

　손이 발이 되도록 용서를 빌고서야 김선생의 훈련은 다시 시작되었다.

　그들은 길거리를 나란히 걷고 있었다. 사람들이 많은 거리에서 김선생이 눈짓으로 지나가는 여자를 한 명 가리켰다. 현수는 빠른 눈으로 얼른 살펴보고 김선생에게 자기의 소견을 말해야만 했다.

　"얼굴은 예쁜데 헤어스타일이 완전히 개 미용실에 다녀온 푸들 같아요. 그래도 머릿결은 곱네요."

　김선생은 한 여자가 스쳐 지나가면 다시 마주 오는 다른 여자를 눈짓으로 가리켰다.

　"얼굴은 완벽한 북방계인데 쌍꺼풀이 저렇게 짙은 걸 보니 분명 수술한 걸 테고요. 저 오똑한 코는 수술 하면서 덤으로 같이 한 거겠죠. 하지만 수술하기 전 원판도 상당히 예뻤겠어요."

　김선생이 평가할 물건을 지적하면 현수의 입에서는 곧바로 분석, 평가가 내려져야 했다. 단, 그 평가의 순서는 부정적인 평가가 먼저, 그 다음은 칭찬이라는 전제가 있었다. 김선생이 이번에는 길거리에서 창을 통해 안이 훤히 보이는 커피숍에 앉은 여자를 가리켰다.

"저 여자, 책을 보는 척하고 있지만 사실은 자길 사람들이 봐주길 바라면서 앉아 있는 거예요. 저렇게 45도로 고개를 꺾은 자세로는 책 읽기가 편할 리 없거든요. 하지만 저 자세, 귀여워요."

그가 또 다른 여자를 가리켰다.

"더 이상은 못하겠어요. 꼭 내가 변태 같은 기분이 들어요. 이런 게 무슨 훈련이 되는지 알 수가 없어요!"

현수는 다시금 심통이 나 혼자 앞장을 서서 걸어갔다. 김선생은 뒤에서 그런 그를 바라보며 씩 웃었다.

"그래. 그만하면 잘 참았다. 네가 얼마나 참나 싶었다."

잠시 목도 축이고 휴식을 취하기 위해 커피숍에 앉아 있는 동안에도 훈련은 멈추지 않았다. 김선생은 계속해 여자들을 눈짓으로 가리키며 커피를 마셨다. 현수는 그런 김선생의 열정에 존경심마저 일어 열심히 평을 주절거렸다.

김선생은 집으로 돌아오자 쉴 틈도 없이 무언가가 빽빽이 적힌 종이 한 장을 현수에게 내밀었다.

"나 잠깐 나갔다 올 테니까 그 동안 여기에 있는 걸 다 외워 놔라. 그것도 아주 달달!"

김선생이 건네주는 종이를 살펴본 현수는 문장들 몇 개를 훑어보았지만 전혀 이해가 되지 않았다.

1. 오프너

– 제가 그쪽의 마음을 읽을 수 있다면 믿으시겠어요?

– 제 친구가 여자친구랑 문제가 좀 있는데 여자로서 조언을 좀 해주실 수 있나요?

– 저지방 우유와 일반 우유의 차이점이 뭔가요? 혼자이다 보니 장보기도 힘들군요.

    ⋮

2. 네거티브

– 립스틱 색깔이 화장과 어울리지 않아요. (하지만) 당신 입술에서는 섹시하네요.

– 아까 같은 옷을 입은 여자를 보았어요. (하지만) 그쪽이 입으니 전혀 달라 보이는군요.

    ⋮

"오프너? 네거티브? 이게 뭔데요?"

김선생은 현수의 질문에 자신의 손목시계를 내려다보고는 소파에 앉았다.

"좋아. 약속까지 시간이 좀 있으니 설명해주마. 오프너란 건 미국의 픽업 아티스트라는 전문적인 작업남들이 처음 보는 사람들이 서로 만날 때 무거운 화제보다는 일상다반사에 관한 화제로 대화를 시작하는데서 영감을 얻어서 만든 건데…"

그는 조목조목 설명을 이어 나갔다.

김선생이 외출하여 만난 사람은 찰리였다.

"며칠 전보다 좀 야위셨는데 새 제자가 말을 잘 안 듣나보죠?"

"그래. 말은 좀 안 듣는 편인데 대신 그만큼 창의적이라고 볼 수도 있지. 스스로 꼭 이해가 돼야 훈련을 하려 드니까."

얼음을 입안에 넣고 빨던 찰리는 자신의 빈 주스 잔에 다시 뱉어 놓았다. 김선생은 찰리의 행동을 보다가 눈살을 찌푸리며 시선을 돌렸다.

"까칠한 선배가 두둔을 다 하는걸 보니 제자가 꽤 쓸만한 모양이네요."

"그나저나 약혼식은 언제라고 했지?"

"약혼식은 한 달 뒤고 결혼식은 그로부터 두 달 뒤요."

"그래? 그럼 약혼식과 결혼식 사이에 두 사람을 떼어 놔야 더욱 드라마틱 하겠구먼."

"하하핫. 며칠 전만 해도 은퇴했다고 말하던 선배라는 게 믿기지 않을 정도네요."

찰리가 갑자기 호탕하게 웃어젖히며 비아냥거렸다.

"어차피 컴백하기로 결심했으니 이왕에 하는 거 제대로 해야지."

김선생은 의외로 단호한 억양으로 말했지만 표정은 무겁기만 했다. 찰리도 웃다 말고 그런 김선생의 표정에 머쓱해졌다. 김선생은 한잔 하자고 들러붙는 찰리를 약속 있다며 돌려보내고 같은 층에 있는 칵테일 바로 자리를 옮겼다. 아직 이른 시간인 듯 바텐더 외에는 아무도 없는 바에 홀로 앉아서 그는 술을 마셨다. 찰리와 헤어지고 난 뒤 마음이 왜 그리도 착잡한지 몰랐다. 그는 취기가 오르는 듯하자 바로 일어섰다. 감정에 휘둘릴 만큼 취하고 싶지는 않았다. 나이 들어 자신의 감정을 주체하지 못한다는 건 누가 보아도 추한 일임을 알기 때문이었다. 바에서 나온 김선생은 취기도 털 겸 좀 걸을 양으로 거리로 나섰다. 거리는 바쁘고 화려하고 생기가 넘쳤다. 산책삼아 거리로 나선 그는 서울 구경을 처음 하는 사람마냥 두리번거리며 여유를 부려 본다.

김선생은 쇼 윈도에 불이 들어와 있는 웨딩숍 앞에 멈추어 섰다. 쇼 윈도 안에 진열되어 있는 웨딩드레스를 바라보는 그의 눈에 결혼식장에서 웨딩드레스를 입은 신부 민지현의 모습이 담겼다. 그녀는 그 날따라 유난히 아름다웠다. 짙은 화장과 웨딩드레스에 감싸인 저 여자가 내 여자였던 적이 있었는가 싶을 정도로 낯선 얼굴이기도 했다. 그는 새로운 남자의 팔을 끼고 퇴장하는 그녀를 더 이상 지켜보지 못하고 식장을 뛰쳐나왔었다. 웨딩 숍 앞에 멍청하게 서 있는 자신을 의식하고 그는 급히 돌아서서 집으로 향했다.

말없이 현관으로 들어서는 김선생의 표정이 어두웠다. 엎드린 채로 종이를 보며 열심히 외우고 있던 현수가 벌떡 일어나 앉았다. 김선생은 꾀죄죄한 트레이닝복 차림의 현수를 잠시 보고 있노라니 안쓰러운 마음이 들었다.

"술 드셨어요? 뭐 안 좋은 일 있으세요?"

SCENE #4

대답 없이 현수를 보던 김선생이 한참만에야 입을 열었다.

"나가자, 옷 갈아입어라."

"네? 어딜 가시게요?"

"훈련받느라고 고생했으니까 나가서 같이 술 한잔 하자고."

"네? 정말요?"

"그래, 그러니까 빨리 준비하란 말이야."

현수는 뛰어다니며 외출 준비를 서둘렀다. 그의 입에서 콧노래가 흘러나오자 김선생도 입가에 빙긋 미소가 감돌았다.

김선생이 현수를 데려간 곳은 서울 광장이 훤히 내려다보이는 고급 호텔의 34층 스카이라운지였다. 현수는 전망이 아름다운 창밖을 넋을 잃고 멍하게 내다보았다. 김선생은 그런 현수를 부르는 듯 손가락으로 테이블을 톡톡 두들겼다.

"이봐, 무슨 생각을 하는 거야?"

멍한 표정이던 현수가 정신이 드는 듯 김선생을 돌아보았다.

"아 예. 여기가 너무 좋아서요. 히히."

"촌스럽긴… 정신 차려! 첫 번째 실습시간을 망칠 셈이야?"

"네? 첫 실습이요? 여기서요? 그럼 그렇지, 선생님이 괜히 이런 데서 술을 사주시겠어요?"

칵테일을 한 잔씩 주문한 김선생은 돌아보지 않고 현수에게 낮은 목소리로 말을 건넸다.

"그래. 놀 시간 없어. 내 등 뒤로 창가에 앉은 여자가 보이지? 배운 대로 저 여자에게 눈빛을 보내는 거야."

현수는 칵테일을 한 모금 마시고 하는 수 없이 김선생이 지시하는 대로 창가의 여자에게 눈길을 보냈다. 현수의 눈길을 의식한 여자가 잠시 그와 시선을 마주치다가 눈길을 돌려버렸다.

"틀렸어요. 지금 절 외면했어요."

"내가 시키는 대로 했으면 수 초 내에 다시 보게 되어 있어. 여자의 호기심 때문이지. 그때를 놓치지 말고 미소를 지으라구. 하나… 둘… 셋…!"

김선생이 셋을 셈과 동시에 여자가 돌아보자 현수는 거의 반사적으로 가벼운 미소를 지었다. 여자는 약간 당황한 듯 보였지만 이번엔 시선을 거두지는 않았다.

"자 이제 30초 후에 저 여자에게로 걸어가는 거야. 가기 전에 내가 오늘 준 종이에 있던 걸 외워봐."

김선생은 현수가 여자에게서 시선을 거두어 자신을 보려 하자 황급히 저지했다.

"시선은 여자에게로 고정한 채로!"

현수는 김선생의 불호령에 다시 시선을 여자에게로 고정시키며 외운 내용을 입으로만 중얼거렸다.

"오프너, 네거티브, 디렉셔닝 다음은…"

SCENE #4

“좋았어. 종이에 있던 오프너 4번과 네거티브 2번을 써보도록 해.”

김선생이 눈짓으로 지시를 하자 현수는 심호흡을 하고 자리에서 일어섰다. 현수는 잠시 딴 곳을 보는 척하는 여자에게로 다가가서 오늘 종일 연습한 대로 낮고 굵은 목소리를 만들어 입을 열었다.

“오늘 그 자리는 외로운 솔로들만 예약한 자린가 봐요.”

“네? 무슨…”

현수는 대사를 외운 듯 잘하고 있었지만 스스로에게도 들릴 만큼 심장 박동 소리가 점점 커지는 것을 느꼈다.

“아까부터 봤는데 그 자리에 앉았던 사람들은 모두 혼자서 술을 마시고 나갔거든요. 아마 외로움의 저주가 걸린 자린가보죠?”

고개를 숙이고 잠시 가볍게 웃던 여자가 현수를 올려다보았다.

“왜요? 그 쪽이 저주라도 풀어주시려고요?”

현수의 머릿속에서는 김선생의 강의가 살아 있는 필름이나 레코드처럼 빠르게 돌아갔다.

“오프너란 낯선 여자와 대화를 시작하려고 할 때 사용되는 대사를 말하는 거야. 몇 개만 외우고 다니면 언제라도 쓸 수 있어. 픽업 아티스트들이 만든 대사같이 남이 만든 대사를 사용할 필요는 없어. 자신의 실정에 맞게 스스로 만들면 되니까. 평소에 이것을 만들어서 외워 놓지 않으면 대부분 여자에게 말을 걸려고 할 때 무슨 말을 해야 할지 머릿속이 하얘지지. ‘저 괜찮으시면 같이 술 한 잔 하실래요?’ 이런 것도 나름의 오프너지만 바로 예스와 노의 대답이 갈릴 수 있으므로 확률은 반 밖에 안 돼. 오프너를 만들 때 주의할 점은 제안이 아니어서 거절할 수도 없어야 한다는 거야."

현수는 여자의 오른 쪽에 가방이 놓여 있는 것을 확인하고 그녀의 왼쪽 방향에 놓인 의자에 앉았다. 놀랍게도 여자는 현수를 거절하지 않고 자연스럽게 받아들였다. 김선생은 말했었다.

"여자에게는 열린 방향과 닫힌 방향이 존재하지. 보통 핸드백이 놓이지 않은 쪽이 열린 쪽이니까 그 쪽으로 앉아. 여자에게서 적절한 접근 방향을 찾는 걸 디렉셔닝이라고 해."

현수는 행동 하나하나를 모두 김선생의 강의에 따라 할 만큼 여유가 생긴 자신을 의식했다. 그는 가볍게 미소 지으며 여자 쪽으로 몸을 기울였다. 여성에게 호감을 가진다는 뜻의 바디 랭귀지인 것이다.

"가까이 와서 보니 저주는 자리가 아니고 옷이었네요. 정말 신기하게도 아까 앉으셨던 여자 분도 같은 블라우스를 입고 계셨거든요."

"네? 똑같은 블라우스를요? 정말요?"

현수의 귀에는 다시 김선생의 목소리가 들리는 것 같았다.

"네거티브란 부정적인 반응으로 여자의 자존심을 자극해서 너에게 관심을 집중시키는 방법이야. 하지만 바로 칭찬으로 연결하는 게 포인트지. 길거리에서 했던 기초 훈련 기억하지? 부정적인 평가에서 긍정적인 평가의 순서로 연습했던 거. 반복 훈련을 통해 이제는 언제 어디서든 자

연스럽게 나올 만큼이 되었으니까 그걸 그대로 하면 되는 거야.”

여자가 조금 당황하며 자신의 블라우스를 살펴보았다. 현수는 기회를 놓치지 않고 곧바로 칭찬으로 연결했다.

“하지만 걱정하실 것 없어요. 같은 옷이라도 그 쪽이 입으니까 완전히 달라 보이네요.”

잠시 감동어린 시선으로 현수를 바라보던 여자가 환하게 웃으며 백에서 담배를 꺼냈다.

“참 재밌는 분이시네요.”

라이터를 찾는 여자를 본 현수가 급하게 자신의 아르마니 가방으로 손을 옮겼다. 순간 너무 다급하게 가방을 연 나머지 바닥에 내용물들이 쏟아졌다. 바닥에 널린 것은 라이터, 수첩, 껌, 디지털 카메라, 타로카드, 향수, 사탕 같은 것들과 콘돔이다! 이 물건들은 김선생의 지시로 가방에 넣은 것들이었다.

“잘 들어, 선수들에게는 필수적으로 지참해야 할 물건들이 있어. 그래서 선수들은 항상 가방을 가지고 다니지. 작업을 잘해도 입 냄새가 나면 키스는 힘들어. 껌은 필수야. 그리고 이 수첩은 만일을 위해서 오프너 대사들을 적어놓기 위해 필요한 거고. 다른 것들은 어떻게 작업에 쓰이는지 차차 알려줄 테니 우선 넣어 둬.”

김선생은 콘돔을 손에 들어 그것을 현수의 눈앞에 가져다댔다.

“내 말 잘 들어라. 지금 배우는 작업의 궁극적인 목표는 이것을 써먹
는 일이란 걸 잊지 마. 혹시나 그걸 잊고 사랑이라는 미명으로 마음을
빼앗기게 되는 순간 작업은 실패야.”

“네? 작업은 하되 사랑은 안 된다고요?”

“그래. 다시 한 번 말하지만 날 믿어. 세상에 사랑이란 존재하지 않
아.”

현수는 김선생의 단호한 표정을 떠올리며 바닥에 떨어진 콘돔을 바라
보았다. 그는 바닥에 쏟아진 자신의 소지품 때문에 당황스러울 뿐이었
다. 김선생은 그런 현수를 바라보며 혼잣소리로 지시를 내렸다.

“당황하지마라. 당황하지 말고 지금 바로 스킨십으로 연결해. 스킨십
으로.”

그러나 당황한 현수는 김선생의 명령과는 달리 허리를 숙이고 바닥의
물건들을 줍기 시작했다. 여자가 현수를 거들기 위해서 함께 물건을 줍
기 시작하고 그는 우연히 그녀의 손을 붙잡았다. 그 모습을 보던 김선생
이 어이없는 듯 미소를 지었다.

“이거 완전히 쥐가 뒷걸음치다 황소를 때려잡는 격이구먼. 어쨌든 됐
어.”

침착함을 되찾는 현수는 우연히 잡은 여자의 손을 놓지 않고 시선을
맞추며 미소 지었다.

"다음은 여자의 신체에 손을 대는 과정이야. 스킨십이 모든 것의 시작이지. 하지만 절대로 의도된 듯 보여서는 안 돼. 최대한 자연스럽게."

현수는 김선생의 강의를 떠올리며 여자를 지그시 바라보았다. 현수와 눈이 마주친 여자는 마비라도 듯 현수의 손을 놓지 못하고 있었다. 그때 두 사람의 뒤로 다가온 남자가 걸음을 멈췄다.

"뭐 하는 거야?"

현수의 앞에는 우락부락한 얼굴에 키는 190센티는 족히 넘어보이는 거구의 사내가 버티고 서 있었다.

당황한 현수가 김선생 쪽을 돌아보았지만 그는 모르는 척 딴청을 부리는 중이었다.

"이 여자와 뭘 하고 있는지 물었잖아?"

"저, 그게… 조금 외로우신 것처럼 보여서 제가 시간이라도 같이 보내드리려던 것뿐입니다."

현수가 당황하면서 여자의 손을 놓고 자리에서 일어섰다. 남자와의 키 차이가 완연하게 드러났다. 현수는 남자를 올려다보며 급격하게 자신감을 잃고 겁먹은 표정으로 쭈뼛거렸다. 그 모습을 지켜보던 여자는 실망을 한 듯 실소를 흘리며 현수를 외면했다.

"내 마누라에게 잘해줘서 고맙습니다. 이렇게 말하길 기다리는 거야? 빨리 꺼져 이 제비 새끼야."

"전 제비가 아닙니다. 단지 아내분이 너무나 아름다우셔서…"

"이거 웃긴 놈이네. 빨리 꺼지라니까!"

남자가 거구의 체중을 실어서 밀치자 현수는 뒤로 가볍게 넘어지고 말았다. 현수는 일어서서 어색하게 남자에게 꾸벅 인사를 한 후 라운지의 입구 쪽으로 걸어갔다. 얼굴이 새빨갛게 변한 현수가 비틀거리며 라운지를 나오니 어느새 나와서 기다리고 있던 김선생이 그의 팔을 낚아채고 그대로 걷기 시작했다.

"다 망쳐버렸어요. 완전히 개망신을 당했다고요."

김선생은 울상이 된 현수의 하소연에도 웬일인지 얼굴에 여유로운 미소가 가득했다.

"첫 실습치고는 괜찮았으니까 자책하지 마. 내가 깜빡하더라도 잊지 말고 내일 꼭 나한테 알파 메일을 다루는 기술을 가르쳐 달라고 말해."

"네? 알파 메일이라니요?"

"침팬지 사회에서의 우두머리 수컷을 그렇게 불러. 아까 그런 놈 말이야. 그런 놈 다루는 기술이 따로 있거든."

현수는 걸어가면서 놀라는 표정으로 김선생을 돌아보았다.

"도대체 그 기술이란 게 몇 개나 되는 거죠?"

"아마 수백 개쯤? 걱정 마. 내가 전부 알려줄 테니까."

현수는 그 말에 놀라 걸음을 멈추었다. 그런 현수를 끌고 건물을 빠져나가는 김선생의 얼굴엔 웬지 미소가 걷히지 않았다. 현수가 김선생의 속을 알 수는 없었지만 야단을 맞는 것보다는 나았다. 스카이라운지에

서 집으로 돌아오는 길에 김선생은 현수 앞에 노트를 한 권 건넸다.

"오늘부터 작업일지를 쓰는 거다. 그 날 실습 때 사용한 기술이 무엇인지, 그 기술의 핵심이 어떤 것인지, 그리고 기술이 성공했는지, 실패했으면 왜 실패했는지를 꼼꼼히 적어. 이제부터 실습이 끝날 때마다 검사할 거야. 오늘은 이만 집으로 돌아가거라."

집으로 돌아온 현수는 스카이라운지에서의 망신을 떠올렸다. 창피함에 잠이 오지 않아 뒤척이다가 결국 일어나 책상 앞에 앉았다. 무심코 책상 위를 살피던 현수의 눈에 김선생이 건네 준 노트가 들어 왔다.

"작업일지라… 뭐, 이것도 따지고 보면 작업은 작업이니까."

현수는 실소하며 혼자 중얼거렸다. 그는 이런 종류의 작업도 일지로 기록한다는 사실이 우습게 느껴지기도 했지만 김선생의 진지했던 표정을 떠올리며 펜을 들고 노트를 펼쳤다.

1. 여자와 시선을 마주치면 수 초 내에 자신 있는 눈빛과 미소 보내기
2. 여자에게 다가가면 미리 외워두었던 오프너 말하기
   주의 : 초보자는 절대 애드립을 고려하지 말고 무조건 외운 대로 할 것!
3. 네거티브로 여자의 관심을 사로잡고 바로 칭찬으로 연결하기
4. 디렉셔닝을 하여 여자의 열린 방향 찾아내어 접근하기
5. 감미로운 말투와 여자의 행동을 모방하여 라포르 형성하기(미러링)
6. 기회를 봐서 여자에게 자연스럽게 스킨십을 시도하기

7. 선수를 위한 준비물 : 다음 목록으로 무장한 가방이 필요하다

- 껌－작업을 잘해도 입 냄새가 나면 키스는 힘들다
- 향수－남자는 눈으로 취하고 어지는 향기로 취한다고 한다(흔하지 않은 걸로!)
- 수첩－기발한 오프너가 떠오를 때 메모를 하고 기억이 안날 때 꺼내보기 위한 것이다
- 디카/사진첩－ 레저 활동을 하는 장면이나 뭔가에 열심히 몰두해 있는 모습 등 자신의 변화무쌍한 모습 중 가장 인상적인 사진들만 저장을 해서 갖고 다니다가 여자로 하여금 자연스럽게 사진을 보도록 유도한다. 여자는 전혀 다른 모습을 남자에게서 발견할 때 매력을 느낀다. 선수들은 이렇게 여성의 관심을 끌 수 있는 거리를 '컨텐츠'라고 한단다.
- 타로카드－ 김선생님이 일단 무조건 가방에 넣어가지고 다니라고 했다
- 콘돔－이건 책임감을 떠나서 자기 관리의 문제일 수도 있을 것 같다

그 동안 배운 것들을 회상하며 노트에 적어 나가다보니 현수는 문득 김선생이라는 사람의 정체에 대해서 궁금해졌다.

"김선생님은 도대체 왜 이런 이상한 기술들을 만든 걸까… 나 같은 불쌍한 청춘을 구제하기 위해서? 아니면 학원이라도 차려서 돈이라도 벌려고 하는 걸까? 하지만 나에게는 돈도 받지 않았잖아…"

이것저것 생각하다보니 현수의 머릿속은 더 복잡해졌다. 결국 현수는 기술을 배우는 동안은 따져 묻거나 분석하거나 의심하는 생각을 하지

SCENE #4

않기로 마음먹었다. 무조건 김선생의 말을 믿고 따라 볼 작정이었다. 그에 대한 믿음이 깊어져가는 이유도 있었지만 그보다는 그가 좋아지기 시작한 때문이었다. 김선생과 나, 우리라는 공동체 의식이 그를 오래 묵은 외로움에서 벗어나게 해주고 있었다.

"선생님, 라면 다 됐어요."

현수가 끌어당긴 옷소매로 라면이 끓고 있는 냄비를 들어 식탁에 옮겨 놓았다. 마침 주방으로 들어온 김선생은 여느 때와 같이 식탁 위의 초를 켜고 와인 잔에 와인을 따랐다.

"맛있게 끓였나?"

"네."

우아한 식탁의 세팅과 양은 냄비 뚜껑을 여는 김선생의 모습이 묘하게도 어울렸다. 현수는 다시 한 번 김선생이 참으로 알 수 없는 사람이라고 생각했다.

"시키는 대로 계란도 넣었겠지?"

"네. 주문대로 받들었나이다."

현수는 히죽거리며 김선생 앞에 서서 그의 다음 지시를 기다렸다. 젓가락을 집어서 냄비 속의 라면을 휘저어보던 김선생이 손짓을 했다.

"현수야, 이리 와서 앉아봐라."

"뭐가 잘못 됐나요? 제 솜씨가 마음에 안 드시면 그냥 선생님이 직접 끓여 드시지."

“그런 거 아니니까 와서 앉아봐.”

현수가 맞은편에 앉자 김선생이 냄비를 밀어놓고 젓가락으로 라면 속의 계란을 꺼내 보여주었다. 현수는 무슨 영문인지 몰라 멍하게 바라보기만 할 뿐이었다.

“라면 속에 넣은 계란을 안 풀었구나.”

“그거야 어떻게 하라는 말씀을 안 하셔서…”

“심리적으로 자신감이 결여된 사람은 남의 라면을 끓일 때 계란을 풀지 않아. 네게 직접 보여주려고 이 계란을 어떻게 해달라고 주문하지 않은 거야.”

계란을 들고 너무나 진지한 김선생의 태도에 현수는 대꾸를 하지 못했다.

“내 말 잘 들어. 유혹은 세상에서 가장 오래 된 역사를 가진 전쟁이야. 그 전쟁 속에서 세상의 모든 여자는 남자로부터 다른 무엇보다도 바로 단 한 가지만을 찾고 있는 거야.”

그는 현수의 눈을 바라보며 잔인무도하게 젓가락으로 덩어리진 계란을 으깼다. 현수는 가끔은 너무 사소한 일에 목숨을 걸며 진지해지는 김선생을 이해할 수가 없었다. 철학적인 것 같기도 하고 정신 장애를 가진 사람 같을 때도 있었다.

“그게 뭔데요?”

“자신감! 그게 없으면 어떤 기술도 의미가 없어. 이제부터 넌 이 라면에 풀어진 계란처럼 유혹 속에 너를 녹일 각오를 해야 해.”

으깨진 계란에서는 채 익지 않은 노른자가 흘러서 라면발 안으로 섞여들었다. 젓가락을 내려놓고 와인만 한 모금 마시고는 자리에서 일어서는 김선생이 현수는 조금 야속했다.

“라면은 네가 먹어라. 너 배고파서 이 라면에 눈독 들이는 거 다 보인다.”

현수는 궁금증을 참지 못하고 식탁에서 돌아서는 김선생을 향해 질문을 던졌다.

“저를 녹인다는 게 무슨 뜻이죠?”

“유혹을 할 때만큼은 너를 버리라는 거다. 잃을 게 없는 사람은 두려울 것도 없지. 진정한 자신감은 바로 너 자신을 완전히 버릴 각오가 되어 있을 때 생기는 거야. 너는 첫 번째 실습에서 자신감이 없었다. 그게 네가 실패했던 이유야.”

김선생은 그 말을 남기고 주방을 나갔다. 현수는 라면 속의 계란을 멍하게 바라보며 김선생의 말을 이해해 보려고 애썼다.

‘나를 버린다? 그게 어떤 걸까? 유혹이란 도대체 어떤 걸까? 점점 두려워진다.’

현수는 두려운 생각을 털어버리기라도 하려는 듯 머리를 좌우로 흔들고는 라면을 먹기 시작했다. 김선생의 말대로 배도 고팠다.

김선생은 갈 곳이 있다며 식사를 막 마친 현수를 끌고 나섰다. ‘부채

도사' 라고 쓴 점집 앞에서 그는 걸음을 멈추었다.

"점 보시려고요?"

"네가 보라고."

현수는 주문을 외고 부채를 흔들며 자신을 노려보는 부채도사 앞에 마지못해 앉았다. 부채도사의 강렬한 시선에 왠지 쑥스럽기도 하고 무안하기도 하여 시선을 어디에 둘지 몰랐다. 바로 옆에 앉은 김선생이 그런 현수를 곁눈으로 살폈다.

"집에 애완동물 키우지? 음… 고양이나 개."

"아뇨."

"고양이나 개 키웠으면 큰일 날 뻔 했어."

"네? 왜요?"

현수는 호기심이 일어 부채 도사 앞으로 한걸음 다가앉았다. 도사는 부채에 귀를 가져다대고는 무슨 소리를 듣는 시늉을 하더니 다시 현수를 노려보며 입을 열었다.

"그건 숙명적인 전생의 악연 때문이라신다. 개나 고양이와는 인연이 없지?"

"네, 맞아요! 제가 개나 고양이를 싫어하거든요. 털이 날리는 게 싫어서요."

"병적으로 소심한 자네 성격도 다 그 악연 때문에 생긴 거야. 아마 다른 성격적인 문제도 있을 걸?"

“자신감 없는 성격이요? 그걸 어떻게 아셨어요?”

현수의 반응에 의기양양해진 부채도사는 갑자기 일어나서 부채를 들고 춤을 추는 등 요란법석을 떨었다.

“우리 부채 신님은 뭐든지 알고 계시도다!”

도사는 현수에게 부채를 내밀며 복채를 올려놓으라고 계속해서 눈치를 줬다.

“복채는 아까 접수처에 냈는데…”

“어허! 부채 신님이 아직도 배가 고프다고 하신다!”

현수는 하는 수 없이 주머니에서 돈을 꺼내어 부채 위에 올려놓았다.

“정말 용한 점쟁이네요.”

점집을 나서며 현수가 신기해하자 김선생이 ‘흥’ 하며 코웃음을 쳤다.

“그 도사는 너에 대해서 맞춘 게 아무 것도 없어. 전부 네가 네 입으로 말한 거지.”

현수는 김선생의 말이 도무지 이해가 되지 않는다는 표정을 지었다.

“제가 애완동물을 좋아하지 않는 것도 맞췄고 또… 제 소심한 성격도…”

“콜드리딩이란 것이 있어. 이것을 이용하면 아무 사전 정보가 없이도 상대방에 대해서 모든 것을 맞출 수가 있지.”

“네? 콜드리딩이요? 무슨 초능력 같은 건가요?”

“그 점쟁이가 했던 말 기억해?”

김선생은 현수와 함께 길을 걸으며 부채도사의 말투를 흉내 내어 말했다.

"'집에 애완동물 키우지 않나? 고양인가? 갠가?' 이건 서틀퀘스천이라는 거야. 상대방에게서 나오는 답이 어떻든 끌어나갈 수 있는 질문을 말하는 거지. 이번엔 예라고 한번 대답해봐."

"어떻게 아셨어요? 본가에서 개 키우는데요?"

현수는 길거리에 남들 보는 눈이 있어서 쑥스러웠지만 하는 수 없이 김선생이 시키는 대로 대답했다.

"'부채 신님께서 나에게 보여 준 것이 개였구만. 조금 희미한 이미지였지만 역시 개였어.' 이렇게 해서 아무 정보 없이 도사는 네가 개를 키우는 걸 알아낸 거야. 어디 계속 진행해 보자."

김선생과 현수는 각각 부채도사와 조금 전의 현수가 되어 이야기를 계속 주고받았다.

"개와 악연이 있어. 다시 말해서 개 같은 악연!"

"제가 개랑 악연이 있다구요? 하긴 어릴 적에 개한테 한번 물린 이후론 개 앞에서는 이상하게 성격이 더 소심해져요."

"소심한 자네 성격도 다 그 악연 때문에 생긴 거지. 아마 다른 성격적인 문제도 있을 걸?"

"자신감 없는 성격이요? 그걸 어떻게 아셨어요?"

"이건 스톡스필이라고 하는 거야. 모든 인간의 경험은 그다지 다르지 않기 때문에 누구에게나 맞을 법한 문장을 늘어놓으면 듣는 이들은 다들 자신의 얘기라고 생각하지. 세상에 성격에 조금씩 문제없는 사람이 어디 있겠나? 하지만 스톡스필을 이용해서 도사는 네 성격의 문제를 맞힌 거야."

"그럼 그런 집엘 왜 날 데려 가셨어요? 괜히 돈만 썼잖아요."

"콜드리딩을 깨닫게 해 주려고 그랬지. 콜드리딩을 하면 누구나 도사가 될 수 있어. 보통 단수가 낮은 제비족 같은 것들은 상대방의 행동을 보고 마음을 읽으려고 하지만 그런 건 확실하지 않은 짐작일 뿐이지. '유혹의 기술'에서는 콜드리딩을 이용하여 상대가 자신의 마음을 직접 말하게 만드는 거다! 가장 확실한 방법이지."

"유혹을 하는데 왜 상대방의 마음을 꼭 읽어야 하나요?"

"첫째, 자신의 마음을 알아주는 사람에 대해서는 누구나 라포르가 생긴다. 둘째, 마음을 읽으면 상대를 설득하기 쉽다. 셋째, 상대의 사전정보가 없는 상황에서 사용한다. 상대방이 듣고 싶은 말을 해야 효과가 있는 건데 사전정보가 없으면 어떤 말을 듣고 싶은지 알 방법이 뭐가 있겠어?"

"콜드리딩!"

"그래. 바로 그거야!"

김선생은 셔츠 윗주머니에 꽂아 두었던 종이 한 장을 뽑아서 현수에게 건넸다.

"그런 의미에서 오늘 저녁까지 여기에 적힌 스톡스필들을 다 외워
와."

현수는 종이를 받아들고 난감함에 뒷머리를 긁었다. 에이 포 용지 한
장 가득히 깨알 같은 글씨로 내용들이 적혀 있었다.

    3. 스톡스필
    – 당신은 항상 남자들에게 실망하면서 살아왔어요.
    – 그래서 새로운 남자를 만나는 데에 지나치게 신중한 것 같군요.
    – 당신은 겉보기엔 수동적인 것 같지만 그 안에서는 강한 열정이 느껴져요.
        ⋮

"이렇게 많은 걸 어떻게 저녁까지 외워요? 오늘은 배달 알바 해야 한
단 말이에요."

김선생이 징징대는 현수를 갑자기 무서운 눈빛으로 바라보며 나지막
이 물었다.

"현수야! 그 날 흘리던 뜨거운 눈물의 의미를 잊었느냐?"

그 말에 정신이 번쩍 든 현수는 재빨리 종이를 가방에 집어넣었다.

건물의 제일 위층을 통째로 쓰고 있는 한성 호텔의 스포츠센터는 그
곳 멤버십을 재력의 상징처럼 여기면서 드나드는 사람들의 사교장이나
다름없는 곳이다. 실내 골프 연습장, 수영장, 요가 센터, 피트니스 센터,

멤버스 라운지 등으로 근사하게 꾸며져 있는 이곳의 멤버들은 특별한 약속이 없어도 그곳에 가면 언제든지 친근한 얼굴들이 반겨 준다. 가끔 일반인들이 오기도 하지만 비싼 입장료 때문에 이벤트처럼 어쩌다 한 번씩이나 들를 수 있는 그런 곳이기도 하다.

수영장에서 한 여자의 다급한 비명소리가 들려왔다.

"오빠, 오빠, 살려줘! 여기 물이 너무 깊어!"

한성호텔의 상속녀 희진이 물속에서 허우적거리며 누군가를 향해 도움을 청한다. 희진이 수영장에 들어온 이후로 그녀의 아찔한 몸매에서 눈을 떼지 못하던 남자들은 기회다 싶은지 앞 다투어 백기사를 자청하며 풀로 뛰어들었다. 그러나 웬일인지 약혼자인 성일만은 그 모습을 담담하게 지켜보고 있었다. 희진은 화가 난 표정으로 수영장 바닥에 발을 딛고 일어섰다.

"오빠는 내가 물에 빠져서 살려달라는 데도 뭐가 그리 태연해?"

"뭐야? 진짜로 빠진 게 아니었어?"

그녀를 구하러 헤엄쳐가던 남자들은 멈추어서며 황당한 듯 투덜거렸다.

"여기 너네 호텔이야. 넌 여섯 살 때부터 여기서 수영했어. 당연히 장난인 줄 알았지."

애인으로 보이는 건장한 체구의 성일이 나서자 풀 밖으로 나가는 남자들은 더 이상은 투덜거릴 수도 없었다.

"역시 오빠 너무 논리적이야. 그래도 좀 못이기는 척 장단 좀 맞춰주면 안 돼?"

"난 정말 가끔씩 네가 무슨 생각하는지 모르겠어. 나뿐이 아니야. 너희 부모님도 친구도 모두 그러잖아. 니 정말 이상할 때가 있어."

"알았어. 괜한 장난 쳐서 미안해. 나는 이상한 나라의 앨리스야~"

수영장 물을 헤치고 솟아오르는 희진의 모습이 아찔할 정도로 섹시했다. 희진은 수영장에 있는 남자들의 시선을 한 몸에 받으면서도 모르는 척 시치미를 뗐다. 마른 타월을 가져온 성일이 그것을 젖은 희진의 몸에 둘러주며 가볍게 끌어안았다. 당연히 수영장 안의 남자들은 일제히 부러운 시선으로 성일을 바라보았다. 그 중 유일하게 선탠 의자에 앉아서 신문에만 시선을 꽂고 있는 남자가 눈에 띄었다. 신문을 조심스럽게 아래로 내리면서 그 너머로 성일과 희진 커플을 살피는 남자, 찰리였다. 찰리는 한손에 들고 있던 삼각 김밥 조각을 베어 물며 휴대용 녹음기를 켰다.

"2008년 1월 7일 이상한 나라의 앨리스, 정신상태 파악 불능."

희진은 태어날 때부터 결핍이란 것이 아예 없었다. 좋은 부모에 부유하다 못해 넘치는 가정환경, 아름다운 미모까지, 그 어느 하나 빠지는 것이 없었다. 거기에 더해서 이번엔 정재계 인사들이 모두 사윗감으로 탐내던 대원 유통의 외아들, 성일과 약혼까지 성사된 것이다. 남들이 볼

때 희진의 인생은 그 자체로 완벽이었다. 더 이상 부족할 것이 없을 것 같았다. 그러나 희진의 행복을 결정하는 요소는 전혀 달랐다. 인간들은 지신들이 가진 결핍이 충족되었을 때 행복하다고 느낀다지만 희진에게 는 충족될 결핍이 애초에 존재하지 않았다. 인간은 결핍이 없다면 결핍 을 만들어서라도 그것을 충족시키려고 노력한다. 항상 지금보다는 더 행복해져야만 한다고 믿는 인간의 욕심이 그런 의도적인 결핍을 추구하 게 만드는 것이리라. 희진의 결핍은 존재하지 않는 것처럼 보이지만 그 녀의 결핍은 전혀 다른 곳에 있었다.

운명적인 사랑! 희진의 인생은 잘 가꾸어진 화초 같았다. 어찌 보면 그녀의 입장에서는 이미 결말이 빤히 그려져 있는 반전영화를 보는 것 과 마찬가지로 산다는 것이 지루한 일지도 모른다. 그런 그녀가 자신의 인생에서 원하는 것은 작은 불확실성이었다. 그녀는 그것을 운명이라고 부른다. 불확실성에 대한 갈망이 그녀를 이상한 나라의 앨리스로 만들 었을 것이다. 그녀의 머릿속에서만 존재하는 이상한 나라에서는 최소한 지루한 시간이 흘러가지는 않으니까 말이다.

"내 뱃속에서 나왔다지만 네 머릿속에 도대체 무슨 생각이 들어 있는 지 알 수가 없구나. 이제 약혼도 했으니 성일이한테 매일 전화도 좀 하 고 그래라."

그녀의 엄마는 자주 이렇게 말했다.

"성일이 오빠한텐 필이 안 와."

"무슨 말이야? 성일이가 어때서? 요즘에 그런 남자 없다. 남자는 어른들이 보는 게 정확한 거야."

"성일이 오빠가 싫은 건 아닌데. 필이 안 온다고. 뭔가 내 남자다 싶은 게 없다는 거지."

찰리는 수영장에서 녹음기 등의 소지품을 정리하다가 마침 지나가는 비키니 차림의 섹시녀 두 명에게 시선이 꽂혔다. 찰리는 슬쩍 여자의 뒤로 가서 실이 달려 있는 고리를 그 여자들 중 한명의 수영복 끈 브라 매듭에 걸었다. 미리 이럴 때를 대비해서 준비해 놓았던 찰리만의 작은 작업도구인 셈이다. 고리에 연결된 실의 반대 쪽 끝은 찰리가 앉아있던 선탠 의자에 묶여있었다. 급하게 비치 타월을 챙겨든 찰리는 섹시녀들 옆으로 추월하여 걸어갔다. 실이 팽팽해지며 고리가 걸린 브라의 끈 매듭이 풀리자 여자는 당황하며 비명을 지르고 곧 사람들의 시선이 집중됐다. 섹시녀들을 추월해 걸어가던 찰리는 브라가 흘러내린 가슴을 두 손바닥으로 가리며 당황하고 있는 여자에게로 돌아섰다. 그는 들고 있던 타월로 여유 있게 매너를 잃지 않고 그녀의 몸에 둘러주었다. 상황 종료.

"괜찮으세요? 당황하셨겠네요."

"고, 고맙습니다."

여자는 찰리가 둘러준 타월을 꼭 붙잡고 찰리에게 인사를 했다.

"고맙긴요. 미녀의 수영복 끈 매듭이야 언제든지 풀릴 수 있는 거고. 그래서 미녀 곁엔 언제든지 타월로 가려드릴 수 있는 신사가 존재하는 것일 뿐이죠."

찰리의 말에 미소를 짓는 섹시녀들. 그 중 하나가 갑자기 추위를 느끼는 듯 몸을 떨었다.

"이런, 추우신 가보군요. 빨리 가시죠. 제가 요 앞에 분위기 좋은 카페를 알고 있습니다. 나가서 따뜻한 차라도 한잔 대접하죠."

"괜찮아요. 차는 저희가 사야죠."

"괜찮긴요. 오늘같이 운수가 사나운 날 위로의 차 한 잔 정도는 사는 것도 또한 신사의 의무죠. 자, 가시죠."

찰리가 자연스럽게 팔로 여자의 어깨를 감싸며 리드하자 그녀들도 싫지 않은 듯 따랐다. 그 날 찰리는 어김없이 작업에 성공했고 그들은 시대의 흐름에 뒤쳐지지 않는 현대인임을 과시하듯 호텔로 직행했다. 찰리와 섹시녀는 엉키듯 서로를 껴안고 키스를 하면서 침대 위로 넘어졌다. 찰리는 여자의 입술과 몸을 탐닉하며 허겁지겁 그녀의 셔츠를 벗겼다. 한손으로 찰리를 안은 여자도 꽤나 급한 듯 다른 한손으로는 자신의 청바지 지퍼를 내렸다.

"그 친구 그냥 그렇게 보내도 될까?"

그 바쁜 와중에도 찰리는 볼일 있다며 먼저 일어 선 그녀의 친구를 챙겼다. 단 한 여자도 놓쳐서는 안 된다는 게 그의 철저한 작업 철학이었

다.

"괜찮아요. 걔 오늘 저녁에 일 있댔어요."

그녀의 대답을 듣는 둥 마는 둥 찰리는 여자의 풍만한 젖무덤에 머리를 파묻고 마구 키스를 퍼부었다. 어느 새 여자의 입술 사이로 신음소리가 새어 나왔다.

"그래도 미안하니까 나중에 꼭 친구 전화번호 알려줘."

"네. 알았어요. 역시 신사시라 예의가 바르시네요."

"나 원래 예의가 발라."

찰리는 타이트한 여자의 청바지를 벗기려고 안간힘을 쓰며 잡아당겼다. 그때 핸드폰이 울렸다. 잡아당기던 바지가 벗겨지면서 찰리는 벗겨진 바지와 함께 침대 밑으로 굴러 떨어졌다. 찰리는 침대 밑에서 몸을 일으키며 겨우 전화를 받았다.

"여보세요? 아. 선배님?"

그러는 동안에도 어느새 침대 밑으로 내려간 여자가 찰리의 귓불에 키스를 퍼부었다.

"네? 아, 오늘 제자의 실습성과를 보여주고 싶다고요? 아, 네. 알겠습니다."

전화를 끊고 찰리는 다시 여자를 끌어안고 키스했다.

"누구예요?"

"응. 나랑 같이 교육계에 몸담고 계신 선배님인데 제자가 오늘 실습을 나간다네."

"자기 주위엔 전부 대단한 사람들뿐인가 봐."

"뭐 그런 셈이지…"

따지고 보면 찰리의 말이 거짓말은 아니었다. 방금 찰리에게 전화를 했던 김선생은 작업계에서는 대단한 사람이 틀림없으니까. 여자가 황홀한 듯 찰리를 끌어안았다. 뒤엉킨 두 사람은 함께 침대 밑으로 구르며 깔깔거렸다.

배달통을 든 현수가 어느 집 앞에 멈춰 서서 아파트 호수를 확인한 후 벨을 눌렀다.

"식사 왔습니다!"

곧 현관문이 열리고 여자가 고개를 내밀며 짜증을 부렸다.

"아저씨, 배달이 왜 이렇게 늦어요."

현수는 고개를 내밀고 있는 소연을 발견하고 그 자리에 얼어붙었다. 현수의 얼굴을 확인한 소연 역시 더 이상 말을 잇지 못하고 당황한 기색이 역력했다.

"현수 오빠…"

"소연아, 네가 어떻게 여기…"

그때 아파트 안에서 남자가 뒤따라 나왔다.

"소연아, 비켜 봐. 내가 철가방한테 따끔하게 한마디 할…"

집 안에서 나오던 남자 또한 현관 앞에 서 있는 현수를 발견하고 말을 잇지 못했다. 현수가 어릴 적부터 알고 지냈던 기태였다. 서로 아무 말도 없는 정적 속에서 현수는 소연을 하염없이 바라보고 서 있을 뿐이었다. 현수의 머릿속은 이미 지나간 기억 속으로 달려가 있었다.

초등학생인 현수와 기태, 그리고 소연이 언덕을 마음껏 달리고 있다. 세 아이들은 파란 풀밭 위에 누워서 하늘에 흘러가는 구름을 바라보았다.

"기태오빠, 커서 뭐가 될 거야?"

기태와 현수의 중간에 누운 소연이 시선을 하늘에 둔 채 물었다.

"나는 사람들한테 인기가 아주 많은 유명한 가수가 될 거야."

"현수 오빠는?"

"나? 그냥… 아빠."

현수의 말에 어린 소연과 기태는 웃음을 터트렸다.

"바보. 아빠는 아무나 다 되는 거야. 아직 부인이 될 여자도 없으면서…"

현수는 하늘을 향해 말하고 있는 소연의 옆모습을 바라보았다.

"그러는 소연이 넌 뭐가 되고 싶은데?"

이번엔 기태가 물었다.

"난 저 구름처럼 자유롭게 넓은 세상으로 여행을 하는 여행가가 되고 싶어."

소연의 옆모습을 하염없이 응시하는 현수를 그녀는 끝내 의식하지 못했었다.

현수는 어느 새 거실에 앉아 있는 자신을 발견했다. 당황한 나머지 어

SCENE #6

떻게 이끌려 들어왔는지는 기억도 나지 않았다. 거실을 둘러보는 현수의 눈에 벽 여기저기 붙어 있는 소연과 기태의 사진들이 들어왔다.

"난 너네가 여기 사는지 몰랐네. 너희 둘… 결혼한 거야?"

주방에서 기태가 차를 내왔다.

"아니. 그냥 같이 사는 거야."

"나는 소연이 유학 가 있는 줄 알았는데…"

"한 달 전 까지는 그랬었지. 지난달에 소연이가 한국에 와서 나한테 전화를 했더라구. 그리고 오랜 만에 만났고 지금은 보다시피…"

이번엔 소연이 주방에서 과일을 접시에 담아 들고 나왔다.

"현수 오빠 미안. 오빠한테도 전화 하려고 했는데 그냥 조금 바빴어."

"응. 이렇게라도 봤으니까 됐지 뭐."

어색한 분위기를 바꾸려는 듯 시계를 보던 현수가 자리에서 일어섰다.

"나 가봐야 되겠다. 너네도 얼른 식사 해. 다 불었겠다."

"그래, 현수오빠. 우리 곧 또 보자."

소연이 손을 내밀자 현수는 어색하게 악수에 응하면서 기태를 돌아보았다. 기태는 현수를 배웅하려는 듯 복도까지 따라 나섰지만 소연은 나오지 않았다.

"너. 요즘도 노래하니?"

"응. 아직 유명해지진 못했지만 클럽에서도 노래하고 그래. 그래도 좋아하는 걸 하는 거니까… 그건 그렇고 너는?”

기태는 그 말을 하며 현수가 들고 있는 배달통으로 시선을 주었다.

“아, 이거… 학비 벌려고 아르바이트 하는 거야. 아직 재학 중이야.”

“그래도 열심히 사네. 난 소연이 유학 떠날 때만 해도 네가 소연이 없이는 아무 것도 못 할 줄 알았는데.”

“어쨌든 죽지 않으면 살아야 하는 거니까. 삶은 계속 되는 거잖아.”

“나 지금 소연이랑 이렇게 사는 거 이상할 거야. 하지만 걱정 마. 우리 결혼 곧 할 거니까. 우리 축하해 줄 거지?”

“너라면 소연이 행복하게 해줄 거야.”

그 말에 기태가 현수의 어깨를 툭 치며 멋쩍게 웃었다.

“그래, 고맙다. 결혼 날짜 잡히면 연락할게.”

기태가 가볍게 인사를 하고 현관 안으로 사라졌다. 현수는 고개를 떨어뜨린 채 그 자리에 서서 잠시 마음을 진정시켰다. 힘겹게 몸을 돌려서 복도를 걷던 현수가 갑자기 분을 참기 힘든 듯 배달통을 힘껏 내동댕이 쳤다. 배달통은 뚜껑이 열리며 빈 그릇들을 토해냈다. 현수는 잠시 후, 사방으로 흩어진 그릇을 다시 찌그러진 배달통에 주워 담았다. 현수의 눈에는 눈물이 고였다.

배달을 부지런히 마친 현수는 마음을 다잡고 김선생과의 외출 준비에 여념이 없었다. 아무리 지우려 해도 기태와 함께 있던 소연의 얼굴이 눈

앞에 아른거렸다.

"난 기필코 이 기술을 익히고 말 거야."

그는 이를 악물고 스스로에게 다짐을 했다. 김선생은 현수의 옷차림과 준비물들을 자상하고 꼼꼼하게 챙겨 주고서야 집을 나섰다.

"잘 할 수 있지?"

택시 뒷좌석에 나란히 앉자 김선생이 현수를 돌아보며 낮은 목소리로 물었다.

"첫 실습 때처럼 엉망이 되면 어떻게 하죠?"

"그런 일은 없어. 사실은 첫 실습 때 너의 가능성을 봤다."

"가능성이요? 그 날 저는 완전히 패자였는데요."

"너는 두려움 속에서도 그 여자의 가치에 대해서 말했어."

현수는 덩치 큰 남자 앞에서 더듬거리던 자신의 대사를 기억했다.

'전 제비가 아닙니다. 단지 아내분이 너무나 아름다우셔서…'

"오늘 실습에서도 그런 정도의 각오만 가지고 있다면 성공할 수 있어."

"하지만 저는 아직도 유혹에 저의 모든 것을 녹여야 한다는 말뜻을 이해하지 못하겠어요."

"그건 시간이 좀 필요하겠지. 시간이…"

두 사람은 잠시 창밖을 바라보며 말이 없었다. 현수가 분위기를 바꾸려는 듯 정적을 깼다.

"참, 그러고 보니 저에게 우두머리 수컷 다루는 기술을 알려준다고 하셨는데요. 깜빡 잊었네요."

"그랬지. 그건 간단해. 우두머리의 권위를 먼저 인정해 주고 그 다음 네가 원하는 걸 요구하는 거야. 우두머리 수컷이 만약 권위를 인정받고도 상대가 원하는 것을 해주지 않으면 그건 이미 리더로서의 자질을 잃는 것이 되거든. 포용력과 관용 같은 자질 말이야. 이걸 프레터리라고 해. 꼭 기억해 둬. 곧 다시 쓸 일이 생길 거야."

그들이 도착한 곳은 물 좋기로 소문난 호텔의 클럽이었다. 수많은 남녀들이 들고 나고 하느라 번잡하기 짝이 없었다.

호텔 앞에서는 찰리가 택시에서 내리는 김선생 일행을 발견하고 노닥거리던 여자와 작별인사를 나눴다. 찰리가 김선생과 현수에게 달려와 반갑게 맞았다.

"말로만 듣던 그 훌륭한 제자구만. 반가워. 오늘 그간 쌓은 기술을 아낌없이 보여주길 바래."

찰리가 먼저 현수에게 아는 체를 해 왔다. 현수는 처음 만나는 찰리가 잘 아는 사람처럼 반기자 오히려 어안이 벙벙해 김선생을 쳐다보았다.

"여기는 찰리야. 오늘은 그냥 참관인 정도로 온 거니까 크게 신경 쓸 것 없어."

김선생의 시니컬한 소개에도 불구하고 환한 미소를 지으며 공손하게 인사하는 현수를 찰리는 자기 제자인양 리드하려고 들었다.

"자, 준비됐지?"

현수는 화려한 클럽의 네온사인을 올려다보며 깊게 심호흡을 하고 고개를 끄덕였다.

클럽 안으로 들어서며 현수는 자신이 긴장한 것을 깨달고 일부러 여유로운 미소를 지었다. 현수와 거리를 두고 뒤따라 들어서는 김선생과 찰리는 그런 현수를 예의 주시했다.

클럽 안을 둘러보던 현수는 곧 자신과 눈이 마주친 여자를 발견하고 그 쪽으로 걸어갔다. 미소를 지으면서 현수가 거침없이 다가오자 여자가 조금 당황하는 눈치를 보였다. 여자를 향하여 자신 있게 걷고 있는 현수지만 자신의 심장 박동소리가 어찌나 큰지 실내의 요란한 음악소리조차 들리지 않을 지경이었다. 급기야 여자 앞에 선 현수는 의도적으로 미소를 잃지 않으려고 노력하며 말을 건넸다.

"저… 혹시 이 클럽 입구에서 여자들 둘이 싸우는 거 보셨어요?"

여자는 현수의 첫 말이 전혀 예상하지 못했던 것이라는 듯 의아한 표정으로 그에게 되물어보았다.

"아뇨. 왜요?"

"혹시 일행이신가 싶어서요."

현수는 기억하고 있는 순서에 따라 외워두었던 오프너를 여자에게 건넸다. 그리고 의아한 표정으로 깜빡이는 여자의 눈에서 시선을 떼지 않으며 가볍게 미소 지었다.

“왜 제가 일행일 거라고 생각하셨죠?”

“방금 밖에서 제가 본 두 여자 분 싸움이 장난이 아니었거든요. 원래 친구들은 닮게 되어 있는 거니까.”

현수의 말에 여자는 갑자기 눈을 치뜨며 불쾌한 듯 그를 노려보았다.

“왜요? 제가 싸움을 잘하게 생겼어요?”

현수는 여자의 꺼칠한 반응을 보고 네가티브 기술이 잘 먹혔다고 생각했다. 이것을 바로 칭찬으로 연결시키면 마치 영화의 마지막 반전과 같은 효과를 얻게 된다. 반전의 힘은 언제나 크다. 사람들은 자신이 생각하던 것과 정 반대의 현상을 목격하게 되면 그것을 부정할 논리를 순간적으로 잃게 될 확률이 높기 때문이다.

“아니요. 제 말은 그 두 분이 싸움도 잘하시지만 엄청난 미인들이었거든요. 원래 친구들은 닮는 법이죠.”

그 말에 여자의 치켜 올라갔던 눈썹이 제자리로 돌아오는 것을 지켜보며 현수는 마음속으로 쾌재를 불렀다. 스트라이크. 갑자기 큰 소리로 웃던 여자가 웃음을 진정시키며 현수를 향해 밝게 미소 지었다.

“혼자 오셨어요?”

“네.”

김선생과 찰리는 2층 부스에 앉아 홀에 있는 현수를 주시하고 있었다. 현수에게 시선을 떼지 못하는 찰리가 흥분한 듯 손으로는 연거푸 양주를 따라서 마셨다.

"역시, 선배님이 오늘 저를 굳이 부르신 이유가 있었군요. 정말 대단하십니다. 불과 보름 만에 저 정도까지 만들어 내다니!"

김선생이 다시 잔에 양주를 채우려는 찰리의 손을 저지했다.

"야 인마, 양주 그만 마셔! 다 마시면 또 시켜야 되잖아!"

찰리는 팔을 살짝 튕겨서 김선생의 손을 쳐내고 그 틈에 재빨리 한 잔을 더 마셨다.

"보니까 양주 한 병 비우기 전에 작업이 끝날 것 같은데 뭘 그러십니까?"

그는 육포를 질겅질겅 씹으며 속주머니에서 봉투 하나를 꺼내어 김선생에게 건넸다.

"이게 뭔데?"

"진행비예요. 진행비."

몸을 돌리고 봉투 속을 확인한 김선생은 좀 놀라는 표정으로 재빨리 그것을 자신의 주머니 속에 찔러 넣었다. 그제야 김선생이 고운 시선으로 찰리에게 양주 한 잔을 따라준다.

"주머니 마른 줄은 어찌 알았냐?"

"선배님이 따라 주는 술이 확실히 맛있네요."

찰리가 빙글빙글 너스레를 떨며 단숨에 스트레이트 잔을 삼킬 듯 술을 털어 넣었다.

그들이 지켜보는 현수와 여자는 뭔가 재미있는 얘기라도 나누는 듯 서로의 얼굴을 마주보며 환하게 웃고 있었다. 멀리서 보면 아주 오랜 연인 사이처럼 보일 정도로 화기애애한 분위기였다.

"잘 보셨어요. 사실은 서 싸움 잘해요. 제가 성격이 좀 까칠하거든요."

현수가 갑자기 심각한 표정을 지으며 여자의 귀 가까이 입을 붙였다.

"겉은 강하려고 노력하지만 그 안에서는 너무나 여린 마음이 느껴져요. 아마도 그 여린 마음을 보호하려니까 겉으로는 강한 척을 해야겠죠."

현수는 기회를 놓치지 않고 외워두었던 스톡스필까지 바로 그녀의 귓속에 흘려 넣었다. 스톡스필은 모아두었던 것을 흘린다는 뜻이니 현수는 딱 그 단어의 의미대로 행한 셈이었다. 여자가 눈을 동그랗게 뜨고 놀란 얼굴을 현수 쪽으로 돌리자 두 사람의 얼굴이 맞닿을 듯 가까워졌다.

"그걸 어떻게 알았죠?"

"그냥 마음으로 느껴지는 걸요."

여자는 감동을 받은 표정으로 잠시 멍하게 현수의 눈을 들여다보았다.

"괜찮으면 우리 조용한 데로 가서 얘기 좀 더 해도 될까요?"

현수는 따뜻한 눈빛으로 그녀를 바라보며 말없이 고개를 끄덕였다. 현수는 웨이터를 불러 테라스 쪽으로 자리를 옮긴다고 이르고 여자를 에스코트하여 야외 테라스로 나갔다. 잘 꾸며놓은 클럽 앞 야외 테라스

SCENE #6

에는 시끄러운 음악 소리가 들리지 않아 꽤 조용했다. 그들 외에도 한 쌍이 더 먼저 테라스에 먼저 나와 있는 것이 보였다. 여자와 현수는 테이블에 마주앉았다.

"조용해서 좋죠?"

"정말 좋은데요."

여자의 이야기를 들어주며 눈치 채지 못하게끔 현수는 그녀의 몸동작과 같은 동작을 따라했다.

"회사에서 사람들은 항상 저에게 독하다고들 해요. 제가 그 자리까지 오르기 위해 얼마나 노력했는지는 알지도 못하면서 말이죠. 저는 사람들이 저를 독하게 보는 편이 차라리 편하다고 생각해요. 그러면 여자라고 괜히 깔보지는 못할 테니까 말이에요. 그렇다고 제 안의 여린 심정이 완전히 감춰지지는 않겠지만 말이죠."

"맞아요. 완전히 감춰질 수야 없겠죠."

현수는 여자의 말을 다시 한 번 반복해서 말하며 자신이 그녀의 말을 잘 듣고 있다는 사실을 인식시키는 데에 주력했다. 그는 김선생이 백트레킹이라며 가르쳐 준 기술을 써먹는 중이었다. 백트레킹은 상대의 말을 다시 한 번 따라하는 것으로 상대에게 자신의 이야기를 경청하고 있다는 것을 확인시켜 주는 기술이다. 그러나 미러링과 마찬가지로 완전히 똑같이 따라하면 상대가 눈치 채기 때문에 핵심 주제를 파악하여 그것을 반복하는 것이 중요하다.

자신의 신변에 관해 이런 저런 이야기를 하던 여자가 놀라며 자신의 입을 손으로 가렸다.

"어머, 나 좀 봐. 왜 이런 얘기까지 처음 보는 사람한테 하는지 모르겠네. 주책이야."

여자는 민망한 듯 현수에게서 시선을 거두며 살짝 눈을 내려 깔았다.

"이상하게 자꾸 현수씨와는 오래 전부터 알고 지낸 사이처럼 느껴져서요. 죄송합니다."

두 사람을 테라스 기둥 뒤에서 지켜보던 김선생과 찰리가 미소를 교환했다.

"이미 라포르가 형성이 됐군요."

찰리가 아는 척 속삭이자 김선생이 손가락을 입술에 갖다 댔다.

"쉿, 조용하고 계속 지켜봐."

현수는 약간 민망해 하는 여자의 왼쪽으로 돌아가 앉으며 자연스럽게 손을 잡았다. 여자의 핸드백이 그녀의 오른 쪽에 놓여 있었기 때문이다.

"이런 상황에서는 디렉셔닝을 하지 않고 오른 쪽에 앉았어도 라포르가 강하게 형성된 여자가 자신의 핸드백을 치우며 길을 열어주었을 텐데… 가르쳐주는 걸 곧이곧대로 따라하는 제자네. 너무 고지식한 거 아닌가요?"

찰리가 또 아는 척을 하며 나서자 김선생이 기분이 상한 듯 미간을 찡그렸다.

"그 자식, 일단 좀 지켜보라니까 그러네!"

두 사람이 실랑이를 하는 동안에도 현수는 착착 기술을 진행시키고 있었다.

"괜찮아요. 오늘 만큼은 강한 모습은 접어두고 약한 모습을 저에게 보여줘도 돼요. 저는 이미 그 안의 여린 마음을 알고 있으니까요."

현수는 부드러운 음성으로 여자에게 말했다. 그 순간 그것을 지켜보던 찰리는 입을 다물지 못했다.

"저건 한 사람 안의 두 개의 이중적인 모습에서 나에게 유리한 모습만 분리해내는 자아 분리법, 아이디세퍼! 저건 상위 기술인데 벌써 저기까지 진도를 뽑으셨어요?"

"아니. 나는 아직 거기까지는 안 가르쳤는데…"

김선생도 어안이 벙벙한 얼굴로 찰리를 돌아보았다.

"고지식하단 말은 취소요. 저 제자 앞으로 청출어람 하겠소, 선배."

평소 같으면 찰리의 칭찬에 아이처럼 좋아할 김선생이지만 이번엔 무슨 일인지 무표정으로만 일관했다.

그때 여자가 현수의 가슴에 얼굴을 박고 울음을 터트렸다. 현수는 그런 여자를 양팔로 감싸 안으며 아이를 달래 듯 한손으로 그녀의 어깨를 다독였다. 거기까지 지켜본 찰리는 조용히 김선생의 옷소매를 잡아끌었다.

"더 안 봐도 되겠어요. 그만 갑시다. 지금까지의 교육의 성과는 내 눈으로 직접 확인했으니까 이제 됐어요."

두 사람은 테라스를 나와 클럽을 빠져나왔다. 그러는 동안 안겨서 울던 여자는 어느 새 고개를 들고 현수와 키스를 하기에 이르렀다.

김선생은 찰리와 헤어져 택시를 타고 집으로 돌아오면서도 현수의 기술이 믿기지 않았다. 일취월장이라도 유분수지 단 며칠 사이에 그렇게까지 발전할 줄은 그도 미처 예상치 못한 일이었다. 찰리 앞에 체면이 서기는 했지만 현수의 기술이 가르치지도 않은 데까지 진전되어있는 것을 보면서 마음이 그리 흐뭇하기만 한 것은 아니었다.

김선생은 거실에 스탠드를 켜놓고 앉아서 와인을 마시며 책을 보고 있었지만 실상 마음은 딴 곳에 가 있었다. 현관 쪽에서 인기척이 들리자 전혀 관심이 없는 듯 빨리 시선을 책으로 옮기며 그곳에서 눈을 떼지 않았다. 현수가 상기된 표정으로 들어섰다.

"선생님, 오늘 저 보셨어요?"

그의 목소리가 흥분된 듯 들떠 있음을 김선생은 보지 않아도 느낄 수 있었다. 책에서 눈을 떼지 않은 채 입을 여는 김선생의 목소리가 왠지 차가웠다.

"그래. 클럽에 있는 동안은 다 봤다. 오늘 아주 잘 하더구나."

"아! 정말 다 좋았는데 마지막에 망쳐버렸지 뭐예요. 헤어지는 걸 아쉬워하기에 호텔로 데리고 가려 했는데 기회를 찾는 동안 다음에 또 보자면서 전화번호를 주고 가버리는 거 있죠. 호텔까지 갔어야 완전한 성

SCENE #6

공인데.”

여자의 전화번호가 적힌 쪽지를 손에 들고 현수는 들뜬 마음을 감추지 못했다.

“하지만 다음번에 만나면 꼭 호텔까지 성공할 거예요.”

김선생이 신경질적으로 책을 덮고 자리에서 일어서면서 현수를 노려보았다.

“내가 아직 거기까지는 가르치지도 않았는데 너 같은 놈이 무슨 재주로 여자를 호텔까지 데리고 간단 말이야?”

김선생은 현수의 손에 들린 전화번호 쪽지를 빼앗아 박박 찢고 휴지통에 던져 버렸다.

“왜 그러세요?”

“한번 실습한 여자는 절대 다시 만날 생각하지 마! 앞으로도 마찬가지니까 기억해두라고!”

김선생이 방으로 들어가며 문을 부셔져라 쾅 닫았다. 현수는 김선생이 도무지 왜 화를 내는지 알 수가 없어 닫힌 방문을 못마땅한 듯 바라보았다. 곧바로 방문을 다시 열고 나온 김선생이 물었다.

“시킨 대로 작업일지는 쓰고 있겠지?”

“네.”

“그럼 됐다. 오늘은 나도 피곤하니 이만 집으로 돌아가거라.”

길게 한숨을 쉬며 현수는 김선생의 집을 나섰다. 왠지 좀 서글픈 마음이 일었다. 작업에 성공하여 칭찬을 받을 줄 알았는데 그게 아니었다. 현수는 김선생의 속내를 알 수 없었다. 불 꺼진 김선생의 방을 돌아보며 현수는 텅 빈 밤거리를 터벅터벅 걸었다. 김선생은 불 꺼진 방 창가에서 현수가 쓸쓸히 밤거리를 걸어가는 모습을 지켜보았다.

작정이라도 한 것처럼 다음날부터는 김선생의 혹독한 강의가 시작되었다.

칠판에 가득 붙어있는 여자 그림과 그곳으로 향하고 있는 복잡한 화살표들. 김선생은 여러 명의 여자가 함께 있을 때 목표물로 접근하는 방향에 대하여 설명해 나갔다.

"남자들은 친구에게 경쟁심을 느끼지만 여자들은 친구에게 질투를 느끼지. 이 화살표들의 관건은 결국 여자들의 그런 습성을 이용하는 거야."

김선생의 열성적인 강의에 비해 현수는 딴 생각에 잠긴 듯 멍청한 표정이었다.

"야! 돈으로도 가치를 따지지도 못할 이 비싼 강의 중에 대체 무슨 생각을 하는 거야?"

"왜 저한테 이렇게 해주시는 거죠?"

"갑자기 무슨 뚱딴지같은 소리야?"

"방금 말씀하신 것처럼 이렇게 대단한 비법들을 왜 저한테 공짜로 다 알려주시는 거냐고요? 단지 그 날 울고 있는 저를 보셨기 때문예요?"

잠시 현수를 바라보고 서 있던 김선생이 그에게 다가와 바짝 얼굴을 들이밀었다.

"만약 그게 아니라면 어쩔 건데? 오늘부터 수강료라도 낼 거야?"

"아니오. 그럴 돈 없는 거 아시잖아요."

"그럼 쓸데없는 거 자꾸 물어보지 말고 강의에나 집중해. 오늘부터는 진짜 상급기술로 들어가니까 말이야."

"상급기술이요? 그럼 지금까지 배운 건 뭔데요?"

"그것들은 사실 연습 없이도 대본만 외우면 되는 하급 기술들이야. 오프너 대본, 네거티브 대본, 스톡스필 대본… 그 많던 대본들 다 기억하지? 하지만 오늘부터는 달라. 고차원적인 응용이 필요하다고."

"응용이요?"

"그래서 오늘부턴 일주일간 강의와 실습을 병행한다. 오전 강의, 오후 실습."

"네? 일주일 동안 매일이요?"

"그럼 최고의 선수가 되는 게 쉬울 줄 알았냐?"

김선생이 리모컨을 누르자 벽에 붙은 대형 모니터에 자료화면들이 나타났다.

화면 속에서는 뚱뚱한 대머리 아저씨가 소파에 앉아서 맥주를 마시며 아무 생각 없이 티브이를 보고 있다. 아저씨가 보고 있는 티브이에서는

미녀가 병에서 쏟아져 나오는 맥주거품에 몸을 적시는 광고가 방영 중이었다.

"잠재의식이라는 뜻의 서브리미널 효과를 가장 많이 이용하고 있는 것은 광고야. 사람들은 아무 생각 없이 보는 거지만 광고의 숨겨진 메시지는 이미 우리 잠재의식에 전해지고 있지. 계속해서 보자."

미녀가 황홀한 듯 립스틱을 입술에 바르는 광고, 건장한 남자가 미녀의 승용차 주유 구멍에 주유기 노즐을 꽂는 광고가 화면을 채웠다.

"이렇게 섹스를 연상하게 하는 교묘한 광고들은 우리의 잠재의식 속에서 쾌감과의 연결을 만들며 그 물건들을 충동적으로 구매하게 만드는 거야."

물 밑에 전체 면적의 90%가 잠겨있는 빙산의 단면 그림이 나타났다.

"인간의 정신은 빙산과 같이 10%만 의식 수준에 있고 나머지 90%는 잠재의식 속에 머물러 있어. 그러므로 인간은 잠재의식의 힘으로 움직인다는 말도 과언이 아니지. 서브리미널 기술은 바로 이 잠재의식에 말을 거는 엄청난 기술이야!"

강의를 듣고 이론으로 익힌 기술은 김선생의 예고대로 그날 틀림없이 현장 실습으로 이어졌다. 현수는 이론이 실제로 현장에서 어떻게 작용하는가를 경험하면서 짜릿한 쾌감마저 느껴졌다. 김선생의 강의가 현실로 드러날 때마다 그에 대한 존경심이 일었다.

현수가 와인 바에서 한 여자와 마주 앉아 부드러운 분위기로 대화를 나누고 있었다.

"사실은 제 친구 중에 괴짜가 하나 있는데요. 그 녀석은 굉장히 직설적이라서 처음 보는 여자라도 마음에만 들면 무조건…"

이야기의 키포인트 부분에 이르자 현수는 여자의 눈을 지그시 바라보며 톤을 바꾸어서 말하기 시작했다.

" '섹…스…하…자…' "

현수는 '섹스하자' 란 말이 끝나자 다시 원래 톤으로 목소리를 바꾸었다.

"…라고 말해요. 저는 소심해서 죽어도 그렇게 못하지만요. 재밌는 친구죠?"

여자의 입장에서는 현수의 "섹스하자."는 말이 천천히 공명되며 머릿속을 맴돌았다. 여자는 갑자기 입이 마르는 듯 혀로 자신의 입술을 적셨다. 현수는 그 모습을 하나하나 놓치지 않고 관찰했다. 김선생은 이렇게 말했었다.

"이건 블랭크피드라고 하는 기술이야. 말하자면 괄호 안에 채워 넣기지. 딴 사람의 얘기를 아무렇지도 않게 하면서도 '섹스하자' 란 괄호 부분만 감정을 담아서 말하면 그녀의 잠재의식엔 네가 직접 말한 것과 똑같은 효과로 남는 거지. 물론 의식 수준에서는 딴 사람이 한 말이므로 너에게 대한 거부감 따윈 생기지 않는다는 장점이 있고."

다음 날도 강의와 실습은 계속되었다. 이번에는 김선생이 눈동자의 다양한 위치가 그려진 그림을 보여주며 강의를 하기 시작한다.

"이건 눈동자 접근 단서라고 하는데 상대방의 눈동자를 보면 어떤 생각을 하는지 알 수 있어. 같은 날이라는 전제 하에 같은 생각을 할 때는 같은 방향으로 눈동자가 움직이게 되어 있거든."

이번엔 현수가 어느 일본여자와 마주 앉았다. 토끼처럼 톡 튀어나온 앞니가 귀여운 여자였다. 현수는 그녀의 일본어를 알아듣는 듯 끄덕였지만 사실 그는 일본어를 전혀 하지 못했다. 단지 김선생의 말을 상기하며 그것을 실습할 뿐이었다.

"다시 말해 눈동자만 잘 관찰하면 상대방의 말을 전혀 알아듣지 못해도 상대방이 무슨 생각을 하는지 정도는 알 수 있어."

알아듣는 척 하면서 현수는 여자의 눈동자를 뚫어지게 바라보았다. 웃으면서 말할 때는 여자의 눈동자가 위쪽으로 돌아갔다. 또 시무룩하게 말할 때는 눈동자가 아래쪽으로 돌아갔다.

"기분 좋은 생각으로 말할 때 돌아갔던 방향으로 다시 눈동자가 돌아갔을 때 탁자를 두들기거나 특정 소음을 내서 너를 각인시켜."

김선생의 강의는 녹음기처럼 현수의 뇌리에서 돌아가고 있었다.

여자의 말을 들으며 눈동자를 바라보던 현수는 그녀의 눈이 위쪽을 향할 때마다 엄지와 중지를 튕겨서 소리를 냈다. 여자가 자신의 존재를 의식하게 만드는 것이다.

"그녀의 잠재의식 속에서 기분 좋은 생각과 네가 내는 소리를 연결시키는 걸 앵커링이라고 하는데 그걸 반복하면 나중엔 그녀가 기분 좋은 생각을 안 해도 네가 같은 소리만 내면 기분이 좋아지도록 만들 수 있어."

결국 현수는 엄지와 중지를 계속해서 튕기면서 여자와 다정하게 팔짱을 끼고 와인 바를 나섰다.

책상 앞에 앉아서 작업 노트에 일지를 적고 있던 현수가 갑자기 뭔가 궁금한 듯 뒤를 돌아보았다. 현수의 등 뒤에서는 김선생이 창밖을 바라보며 담배를 피우고 있다. 왠지 김선생의 어깨가 텅 빈 공간에 혼자 있는 사람의 어깨처럼 쓸쓸해 보였다.

"저어… 궁금한 게 하나 있어요."

멍하게 있던 김선생이 그제야 정신을 차리고 고개를 돌렸다.

"이런 기술이 어느 누구에게나 유효할 만큼 인간이란 그렇게 단순한가요?"

"물론 그렇지는 않지. 모든 인간의 행동은 목적 지향적이기 때문에 좀 더 오랜 관계를 유지하기 위해서는 이런 기술만으론 부족해. 하지만 의식에 호소하는 것이 아닌 만큼 하룻밤의 관계 정도는 가능하다."

"하지만 최근에 기술들이 꽤 성공적이었는데도 불구하고 며칠간의 실습 중에서는 한 번도 침대까지 골인을 해본 적이 없는데요. 이유가 뭐

SCENE #7

죠?"

오랜만에 김선생이 만면에 미소를 띠며 현수를 바라보았다.

"네가 이제 뭔가 느낌을 좀 아는 것 같구나. 그건 아직 내가 침대까지 필요한 기술 몇 가지를 안 가르쳤기 때문이야."

"이제 일주일간의 실습도 끝나 가는데 오늘은 꼭 성공할 수 있을까요?"

"너 요즘은 꽤나 적극적이구나. 왜지?"

"뭔가 감이 잡힐 듯 말 듯 한 느낌이 싫어서요…"

다시 어느 와인 바에서 지나라는 여자와 마주 앉은 현수. 그녀는 현수가 일주일 동안의 실습에서 만났던 어느 여자보다도 섹시했다. 지나는 손으로 턱을 괴고 앉아 담배를 피웠다. 현수는 그런 그녀에게 시선을 맞췄다.

"현수씨는 참 매력적인 분이네요."

"그래요? 매력이란 단어… 사실 인간에게는 유희에 가까운 말일 뿐이지만 종족의 보존이 중요한 동물들에게는 절실한 단어죠."

현수는 다른 실습 때와 마찬가지로 김선생의 강의 노트를 머릿속에 펼쳐 놓았다.

'여러 가지 기술로 가까워진 상대를 최종적으로 섹스로 이끌기 위해서는 결국 상대방으로 하여금 머릿속에서부터 섹스를 하고 싶게 만들어

야 해.'

현수는 강의 내용을 차근차근 실천에 옮겨 나갔다.

"매력적이지 않은 개체는 섹스를 하기가 힘들고 그러면 번식이 힘들죠. 그 정도로 동물들에게 섹스란 건 너무너무 절실한 건데도 사람은 그런 행위를 쉽게 생각해서 대충 하곤 하죠. 그렇게 생각지 않아요?"

"말을 듣고 보니 그런 것 같네요."

'상대가 스스로 자신의 경험을 거부감 없이 상기할 수 있도록 만드는 거야. 섹스를 했던 경험들을 떠올리면 어느 덧 섹스가 하고 싶어지지. 이걸 어소세이션 기술이라고 해.'

현수가 잠시 김선생의 강의를 떠올리며 대화를 중단하자 지나는 그를 은근한 눈빛으로 쳐다보았다.

"그러는 현수 씨는 언제나 대충하는 일이 없나보죠?"

현수는 지나의 물음에 짐짓 놀라는 척 하는 제스처를 해 보였다.

"왜요? 혹시 지나 씨는 대충 하시는 편인가요?"

"음. 글쎄요. 내가 어떻게 하더라?"

현수는 경험을 떠올리며 생각에 잠기는 지나를 보고 내심 '예스,' 라고 쾌재를 외쳤다. 바를 나와 어두워진 밤거리로 나선 지나와 현수는 오래 전부터 연인이었던 것처럼 다정하게 팔짱을 끼고 걸었다. 현수는 사람들의 흘낏거리는 부러운 시선이 자신에게 쏟아지고 있음을 의식했다. 그는 옆에 착 달라붙어 있는 지나의 체온을 느끼며 여유롭게 미소를 지었다. 그러면서도 머릿속으로는 여전히 김선생과의 대화를 상기했다.

"그런데 결정적으로 호텔에 가자는 말은 어느 순간에 하죠?"

"격투기경기 중인 선수들에게 가장 위험한 순간이 어느 때인지 알아? 바로 숨을 다 내쉬고 들이쉬기 직전의 순간이야. 그때 사람은 힘을 쓰지 못하거든. 마찬가지로 심리적으로도 이런 때가 있어. 어떤 일에 무의식적 집중이 이루어졌을 때야."

횡단보도에서 신호를 기다리고 서 있던 지나가 파란불로 바뀌자 발을 내딛으려고 했다. 현수는 그 순간을 놓치지 않았다.

"우리… 호텔로 갈까요?"

신호등이 바뀌면 길을 건너야 한다는 식의 무의식적인 집중이 이루어진 시점이었다. 발을 내딛으려다 말고 얼어붙은 지나는 미처 거부도 못하고 홀린 사람처럼 현수에게 이끌려갔다. 두 사람은 서로 엉기다시피 끌어안고 호텔방으로 들어섰다. 현수는 방문을 닫기가 무섭게 지나를 번쩍 들어서 침대 위에 눕히고 키스를 퍼부었다.

"오늘 나 무슨 최면에라도 걸린 것 같아. 처음 보는 남자랑 이런 데까지 오다니…"

"쉿! 생각은 그만."

현수는 지나의 말을 막기라도 하려는 듯 그녀의 입술에 자신의 입술을 포개며 키스를 했다. 그는 천천히 지나의 블라우스와 스커트를 벗기고 그녀의 몸을 애무하며 밑으로 내려갔다. 침대 앞에 무릎을 꿇은 그는 지나가 신고 있는 롱부츠를 벗기기 위해 힘껏 잡아 당겼다. 지나의 발에서 롱부츠가 빠져 나온 순간, 현수는 갑자기 벌레라도 씹은 표정으로 코를 움켜쥐었다.

　김선생 집으로 찾아온 찰리가 뭐가 그리 우스운지 손바닥을 쳐대며 깔깔거린다.

　"그니까 뭐예요? 그 여자 발 냄새 때문에 고지를 눈앞에 두고 방에서 도망치듯 나왔단 말이에요?"

　"그랬다고 하더라구."

　"우하하… 그 녀석, 정말 앞으로 물건 되겠네요."

　"물건은 무슨, 그게 다 그 녀석의 변명인 걸 모르겠어? 녀석은 결정적인 순간에 섹스를 피하고 있는 거야. 뭔가가 두려운 거라고."

　김선생의 말대로 그 날 현수는 지나의 발 냄새 때문에 호텔 방을 나온 것이 아니었다. 낯선 여자와 사랑 없는 섹스를 한다는 사실이 막연히 두려웠던 것이다.

　"콘돔을 깜빡 했어. 요 앞 편의점에 가서 사가지고 올 게."

　"괜찮으니까 그냥 해."

　이미 몸이 달아오른 지나는 자리를 뜨려는 현수의 팔을 잡아끌었다.

　"아니, 난 너의 몸을 아껴주고 싶어."

　현수는 그렇게 말하며 황급히 옷을 주워 입고 그곳을 떠났다. 지나는

SCENE #7

영문도 모르는 채 그를 기다리다 끝내는 욕설을 퍼부었을 것이다.

　현수는 거의 일주일 만에 자신의 집으로 향했다. 그는 골목을 돌아 집으로 들어가려다 말고 뒤에서 인기척을 느끼며 밈추이 섰다.

　"오빠 알바 하는 데에다 오빠네 집 물어봤어. 요샌 알바도 안 나온다며?"

　현수가 뒤를 돌아보니 외등 전봇대 옆에 소연이가 서 있었다. 그는 너무 의외여서 반가운 내색조차 하지 못했다.

　"소연아…"

　"너무 늦게 찾아와서 미안해."

　"아, 아니야. 집이 좀 지저분하긴 한데 잠깐 올라갈래?"

　"아니. 그냥 이거 전해주러 왔어."

　소연이가 쭈뼛거리며 현수의 앞으로 반지 하나를 내밀었다. 반지가 외등 불빛에 반짝 빛을 발했다.

　"오빠가 나 유학 갈 때 준 반지. 그냥 계속 내가 가지고 있기가 미안해서."

　현수는 그것이 무슨 의미인지를 알고 있었다. 그는 말없이 반지를 받아 주머니에 넣으며 자신의 목에 걸린 목걸이를 만지작거렸다.

　"그 목걸이… 아직도 하고 있었네."

　"응. 너한테 받은 이후로 계속…"

"미안해. 돌아와서 오빠한테 먼저 연락을 하려고 했었는데 왠지 오빠한테는 상처 주게 될까봐. 오빤 가볍기만 한 기태오빠랑은 좀 다르잖아. 오빤 너무 좋은 사람이라서… 이상하게 들릴지는 모르겠지만 목걸이는 그냥 가지고 있어줘. 미안해."

소연은 눈물을 글썽이다가 말을 다 마치지 못하고 몸을 돌려 달아나버렸다. 현수는 너무 갑작스러워 그녀를 잡지도 못하고 사라지는 소연의 뒷모습을 그냥 바라볼 뿐이었다.

"나 그 동안 많이 달라졌다고 생각했는데 저 애한테는 왜 그런 게 안 보이는 걸까?"

심경이 착잡했다. 기술을 배우고 있는 가장 큰 이유 중의 하나가 그 애에게 잘 보이고 싶고 그 애에게 멋져 보이고 싶어서인데. 자신의 심정을 설명할 수 없는 것이 답답했다.

현수는 밤새 잠들지 못하고 뒤척이다가 새벽녘에야 간신히 잠이 들었다. 눈을 떴을 때는 점심시간이 훨씬 지난 시간이었다. 그는 자리를 털고 일어나며 목욕탕을 들러서 바로 김선생의 집으로 가야겠다고 마음을 먹었다. 그를 보면 마음이 좀 편안해질 것 같아서였다. 김선생의 집 대문에는 쪽지 한 장이 붙어 있었다. 현수는 대문 앞에 서서 그 쪽지를 읽었다.

'그 동안 실습하느라고 수고했으니 며칠간은 쉰다! 나도 잠시 어디를

좀 다녀오려고 한다. 쉰다고 좋아하는 네 놈 얼굴이 보이는 듯하다. ―김
선생'

　실망한 현수는 쪽지를 뜯어서 주머니에 넣고 힘없이 돌아섰다. 갑자
기 김선생이 아쉽고 그리웠다. 심난한 마음을 털어놓고 싶은 심정이었
는데 나에게는 그런 호사마저도 주어지지 않는구나 하는 생각이 들었
다.

　현수는 신경 써서 외출 준비를 하고 다시 한 번 거울을 살폈다. 김선
생이 살펴주지 않으니 어딘가 자신이 없어져 자꾸만 거울을 들여다보게
되는 같았다. 그는 통기타 가수들의 집합소나 다름없는 라이브 카페를
찾았다. 맥주 두 병을 시키고 무대 위에 시선을 집중시켰다. 마침 기태
가 노래의 마지막 소절을 부르고 있는 중이었다.

　노래를 마친 기태가 무대에서 내려오자 현수는 그쪽을 향해 손을 흔
들었지만 기태는 그런 현수를 미처 보지 못하고 바쁜 걸음으로 누구에
겐가 걸어갔다. 현수는 호기심에 기태가 걸어가는 동선을 따라 시선을
옮겼다. 기태는 자신을 기다리던 민혜에게로 걸어가서 볼에 다정한 키
스를 했다. 민혜는 전체적으로는 풍만한 느낌이었고 허리와 다리 등, 살
이 없어야 할 곳에는 오히려 깡마른 느낌까지 드는 에이스급의 여자였
다. 그 모습을 본 현수의 표정이 굳어졌다. 기태는 곧 민혜에게 양해를
구하고 화장실로 향했다. 현수는 그런 기태의 뒤를 조용히 따라 화장실

로 들어섰다. 손을 씻던 기태는 거울에 비친 자신의 모습 뒤로 누군가가 와서 서는 것을 보았다. 그가 뒤를 돌아보니 그곳에 굳은 표정의 현수가 서 있었다.

"어… 너?"

"소연이는?"

현수가 다짜고짜 물었다.

"현수야. 갑자기 나타나서 그게 무슨 소리야?"

"소연인 어떻게 하고 딴 여자냐고, 이 개새끼야!"

"야, 너 아무리 친구 사이지만 좀 주제넘은 거 같다. 남의 사생활 간섭하지 말고 그냥 가라."

"어쨌든 너 지금 소연이랑 살고 있잖아."

"그건, 소연이가 그러자고 사정하니까 불쌍해서 소원 한번 들어줬던 거고. 나는 그 애 때문에 발목 잡히고 싶은 생각 없다."

현수는 발끈하며 기태의 멱살을 붙잡았다.

"뭐 이 새끼야? 다시 말해봐!"

기태는 멱살을 잡은 현수의 손을 거칠게 풀어내고 그에게 주먹을 날렸다.

"이거 미친 새끼 아니야? 그렇게 소연이가 좋으면 네가 데려다가 살아, 새끼야!"

기태는 바닥으로 쓰러진 현수에게 던지듯 한마디를 남기고는 화장실

SCENE #7

을 나갔다. 화장실의 더러운 바닥에 잠시 쓰러져 있던 현수는 조금 전 화를 터트리던 표정과는 다른, 차가운 표정으로 일어섰다.

라이브 카페의 분위기는 대체로 한가한 편이었다.

기태에게 몸을 밀착시키고 앉은 민혜가 재밌어 죽겠다는 듯 깔깔댔다. 기태가 매니저와의 대화를 이유로 잠시 자리를 비운 사이, 혼자서 그를 기다리던 민혜는 갑자기 옆자리가 부산스러워지자 그쪽으로 관심을 기울였다. 그곳엔 어느새 현수가 자리를 잡고 앉아 여자들의 관심을 끌어 모았다. 여자들은 그가 봐주는 타로점이 정말 신기하다며 떠들어댔다. 민혜는 호기심 어린 시선으로 옆자리를 쳐다보았다. 여자들은 그런 그녀를 돌아보며 호들갑을 떨었다.

"이 분, 너무 신기해요. 지금까지 우리 성격이랑 과거랑 그런 거 다 맞췄어요."

민혜는 더 참지 못하고 자리에서 일어나 도도하게 현수에게로 걸어갔다.

"저, 저도 좀 봐주시면 안 될까요?"

"기다리세요."

현수는 그녀를 돌아보지도 않고 무뚝뚝하게 말한 후 하던 일을 계속했다. 민혜는 자신의 부탁을 무시하고 다른 여자들의 점을 봐주는 그에게 자존심이 상한 듯 입을 삐죽였다. 그녀는 하는 수 없이 팔짱을 끼고 옆에 서서 차례를 기다렸다. 그러는 사이 현수가 자신보다 늦게 온 여자의 타로 점을 먼저 봐주려 하자 소리쳤다.

"이봐요! 제가 먼저 와 있었잖아요!"

그제야 현수는 민혜를 올려다보며 시선을 맞추고 미소를 지었다.

"아, 그랬나요? 죄송합니다. 제가 실수를 했으니 그러면 먼저 이분을 봐드리고 그쪽 분은 자리를 옮겨서 특별히 타로 점에 별점까지 봐드릴게요."

현수가 본격적인 작업에 돌입한 듯 기술을 발휘했다.

"정말요? 저만 따로 점을 봐 준다구요?"

"그럼요. 사과하는 의미로요."

매니저를 보고 돌아온 기태는 민혜와 다정하게 얘기를 나누고 있는 현수를 발견하고 어이가 없었다.

"야, 조현수. 너 지금 무슨 수작이야!"

"기태야, 너 인기 많더라. 보니까 이 카페의 모든 여자 분들이 너와 얘기를 나누고 싶어서 안달이 났던데…. 네가 다른 여자 분들에게 시간을 할애하는 동안, 내가 잠깐 이 분과 얘기를 나눈다고 해서 결례가 되지는 않겠지?"

카페에 있던 여자들의 시선이 일제히 기태, 현수, 민혜, 세 사람에게로 쏠렸다. 기태가 할 말을 찾는 사이에 현수는 이미 민혜를 에스코트하며 카페를 나서고 있었다. 기태는 자신을 주목하고 있는 여자들에게 치사하게 보이는 것이 두려워 두 사람을 잡지 못했다. 현수의 얼굴에 승자

SCENE #7

의 미소가 흘렀다.

"프레터리"

그가 입속으로 중얼거렸다.

'유혹을 할 땐 내가 가진 모든 것을 버려야 한단 말의 의미를 비로소 깨달았다. 내가 조금 전에 그렇게 했으니까. 내가 사랑하는 그 누군가를 위해서…'

호텔 객실 바닥에는 여자의 옷가지들이 여기저기 흩어져 널려있다. 현수는 침대에 걸터앉아서 벗어 놓았던 셔츠를 입었다. 그가 셔츠의 마지막 단추를 잠그며 침대에서 일어서려 하자 이불 속에서 자고 있던 민혜가 부스스 일어났다. 알몸의 민혜는 이미 옷을 차려 입은 현수를 뒤에서 감싸 안았다.

"벌써 가게? 자기야, 우리 한 번 더하자."

현수는 민혜의 포옹이 불결하다는 듯 그녀의 손길을 뿌리쳤다.

"친구 애인 빼앗는 데에 섹스는 한번이면 족해."

"뭐라구? 이거 완전 선수 아니야? 야, 너 선수 맞지?"

현수가 호텔방을 나서는 동안에도 그녀가 욕을 퍼붓는 소리가 등 뒤로 계속해서 들려왔다. 현수는 호텔 복도를 걸어가며 자신을 비웃어 주었다.

"그래. 어느 새 나는 선수가 됐구나. 내가 그토록 원하던 선수가…"

그는 입을 굳게 다물며 자신의 목에 걸린 목걸이를 잡아 뜯었다. 자괴감이 밀려와 자신을 괴롭힐 것이라고 추측했었지만 의외로 통쾌하고 담담한 기분이었다.

"야, 여자들아! 나는 이제 진짜 선수라고!"

그는 정체 모를 흥분에 휩싸여 밤늦게까지 거리를 쏘다녔다. 그의 눈엔 사람들의 발걸음이 끊어진 강남대로가 온통 그의 세상인 듯 넓어 보였다. 그는 춤을 추듯 빙글빙글 돌며 하늘을 향해 팔을 펼쳤다. 다시 집에 들어와서 작업노트를 정리하기 시작했을 땐 이미 먼 하늘로 동이 터 오고 있었다.

1. 원활한 콜드리딩을 위해서는 미리 미디엄을 정해두어야 한다.
손금, 타로카드, 별점… 뭐든지 좋다. 이런 미디어가 있을 때 여성들은 좀 더 쉽게 리딩에 빠져들며 만약 틀리더라도 미디엄 탓으로 돌릴 수가 있다.

· 손금 – 별다른 준비물이 없기 때문에 언제 어디서나 활용이 가능하나 노인들이 다방에서 주로 활용하는 법이기 때문에 고루하고 신비감이 떨어질 우려가 있다.
· 타로카드 – 김선생님이 가장 권하는 방법이다. 타로카드는 데크에 그려진 환상적인 비주얼이 주는 신비감 때문에 이것을 꺼내는 것만으로도 하나의 '컨텐츠'가 되니 가장 권하고 싶은 방법이라고 했다.
· 별점 – MT나 여행을 가서 여자와 둘이 밤산책을 하고 있는 중이라면 이것이 가장 낭만적일 것이다. 하지만 이 미디엄을 쓰려면 반드시 별자리 이름

몇 개는 외워두어야 할 것 같다.

2. 서브리미널 기법은 상대의 잠재의식에 말을 거는 방법으로 최면술에서 유래된 것이라고 한다.

〈서브리미널 기법의 종류〉

- 블랭크피드 : 남의 이야기 등을 하면서 상대에게 하고 싶은 대사가 나올 때는 자신의 이야기인 것처럼 감정을 담아서 말한다.

  예〉 내 친구는 자기 애인에게 (사랑해…) 라는 말을 자주하는 데 보기 좋더라구… (괄호 부분은 감정을 담아서 한 부분)

- 앵커링 : 상대가 기분 좋은 생각을 할 때를 관찰을 통하여 감지하여 자신의 존재와 연결시켜 주는 작업. 손가락을 튀기거나, 탁자를 두들기는 등 소리를 내주는 것이 제일 간단하다.

  예〉 특정 음악을 듣거나 향기를 맡으면 특정 사람이 생각나는 경우가 많은데 그 음악과 향기가 그 사람과 앵커링이 되어 있기 때문이다.

- 어소시에이션 : 상대가 내가 하고자 하는 행동을 질문 등을 통해 의식 속에서 과거의 기억과 연관되도록 만드는 방법. 상대와 키스를 하고 싶다면 키스 경험에 대한 질문으로 상대로 하여금 키스의 기억을 지금의 감정과 연결하도록 만든다.

  예〉 미진 씨는 키스를 할 때 고개를 오른쪽으로 틀어요, 왼쪽으로 틀어요?

서브리미널 기법을 사용할 때에는 상대의 상태를 관찰하며 구사하는 것이 중요하다. 행동을 관찰하는 것을 통해 상대의 상태를 알아내는 것을 연습해야 한다.

연습 1 : 드라마를 볼 때 TV의 사운드를 끄고 등장인물의 행동만으로 줄거리를 알아내는 연습을 한다.

연습 2 : 밖이 내다보이는 커피숍에 앉아서 지나가는 사람들을 관찰하며 그들의 직업과 성격 등을 추측하여 그렇게 추측한 근거와 함께 노트에 적어본다.

· 프레터리 – '아부'라는 뜻의 영어단어에서 따온 명칭이란다. 우두머리 수컷 제압 기술의 하나로 우두머리의 권위를 먼저 인정해준 후, 자신의 요구를 관철시키는 기술이다. 그 과정이 흡사, 아부를 하는 과정과 비슷하다고 하여 붙여진 이름이다.

　예> "당신이 대단하다는 것은 이미 매스컴 등을 통해 보아 알고 있습니다. 그런 분이 설마 당신의 여자와 애기나 조금 나누려는 평범한 남자에게 화를 내시지는 않겠죠?"

· 아이디세퍼 – '아이덴터티 세퍼레이션'의 약자로 행위에 대한 당위성을 얻으려는 여자의 심리를 이용하여 완고한 성격일수록 그녀의 안에 있는 '자유로운 자신'을 분리해냄으로서 여자가 자신의 특정 행동에 대해 '예외적 상황임'을 인정하게 만드는 기술이다.

　예> "오늘 밤엔 당신의 전부가 호텔에 들어가는 것은 아니야. 당신 안의 성실한 자신은 호텔 밖에 두고 자유분방한 자신만 호텔에 들어가는 거야."

· 서든서제스쳔 – 인간에게는 외부자극에 적응 못하는 순간이 있다. 그 순간을 노린다면 유도가 더 효과적일 수 있다. 이것은 순간적으로 고도의 집중이 이루어졌을 때로 최면술로 치면 '트랜스' 상태가 이루어졌을 때이므로 암시가 쉽게 걸린다.

　예> – 숨을 다 내쉬고 들이마시기 직전

- 찻잔을 들고 막 한 모금을 마시려고 할 때
- 보행자 신호로 바뀌길 기다렸다가 막 한 걸음을 내딛으려 할 때
- 이와 비슷하게 순간적으로 고도의 집중 상태가 이루어졌을 때

SCENE #8

　여행용 코트 차림의 김선생은 인적 끊긴 쓸쓸한 겨울 바닷가를 홀로 걸었다. 그는 곧 창밖으로 바다가 내다보이는 아담하고 고풍스러운 카페로 들어섰다. 김선생을 맞은 주인은 잠시 고개를 갸웃거리다가 사진들이 붙어 있는 벽으로 걸어갔다. 그는 곧 벽에 붙어 있는 여러 연인들의 사진들 중에서 사진 한 장을 찾아냈다. 젊은 김선생과 민지현이 다정한 연인의 포즈를 취하고 있는 사진이었다. 꽤 나이가 있어 보이는 주인은 미소를 지으며 김선생에게 다가갔다.

　"들어오실 때 언젠가 한 번 뵀었던 분이라고 생각했었는데. 예전에 저희 가게에 오셨었군요."

　"벌써 꽤나 오래 전의 일인데요."

　"저희 가게에 한 번이라도 오셨던 손님들은 반드시 기억하려고 노력을 많이 하거든요. 그런데 제가 요즘은 나이를 좀 먹어서인지 가물가물 했는데 저기 사진을 보니…"

　김선생은 주인이 가리키는 벽을 돌아보았다. 벽에는 수많은 연인들의 사진이 붙어 있었지만 유독 그의 사진만이 더 빛이 바래서 눈에 띄었다.

　"그때 같이 오셨던 여자 분은 오늘 안 오셨네요? 두 분 정말 잘 어울

렸던 걸로 기억하는데…”

“아, 그 여자요? 죽었어요.”

김선생이 너무나도 담담하게 대답을 하자 주인은 당황하는 눈치였다. 그는 그런 주인을 뒤로 하고 벽으로 걸어가서 사진을 떼어냈다. 그리고 라이터로 그것에 불을 붙이며 조용히 되뇌었다.

“그래, 내가 알던 그녀는 이미 죽었어…”

김선생이 떠난 카페, 낡은 재떨이 위에서는 다정한 김선생과 민지현의 모습이 사라져 갔다.

계절은 이미 겨울이었지만 메마른 들판에 감미로운 단비가 오듯 현수의 인생에는 봄이 오는 듯 했다. 그가 그리도 원하던 소연과의 데이트가 이루어졌기 때문만은 아니었다. 언제나 소외당하고 여자들의 관심 밖이던, 외롭고 고달픈 현수는 이제 어디에도 없었다. 그의 주변에는 언제나 여자들이 모여 들었고 서로 그를 독차지하기 위해 고양이 발톱같이 날카로운 신경을 곤두세우고 쟁탈전을 벌이기 일쑤였다.

온갖 젊은이들이 다 모여든다는 홍대 앞의 어느 바에서 현수는 오늘도 여자들에게 둘러싸여 있었다. 여자들은 ‘꺄아아~ 현수 오빠’를 연발하며 재미있어 죽겠다는 듯 발을 구르고 손뼉을 쳐댔다. 그 중심에서는 현수가 여유로운 미소로 여자들을 리드했다. 허리를 펴고 잠시 실내 분위기를 살피던 현수는 끝 쪽 자리에서 우연히 소연을 발견했다. 그녀는 홀로 술을 마시고 있었다. 소연을 발견한 현수는 바로 자리에서 일어나 그녀에게로 향했다. 그가 타로카드를 챙겨 넣고 일어서자 여자들은 못내 아쉬워하며 소연을 질투 어린 시선으로 바라보았다.

"소연아. 언제 왔어?"

"어? 현수오빠?"

"여긴 웬일이야? 혼자서 청승맞게."

"어머, 나 지금 청승맞아 보여?"

"그런데 너는 청승맞아도 예쁜 건 변하질 않네. 도대체 네 미모는 그 어떤 걸로 가리려 해도 가려지질 않나?"

"에이, 뭐야?"

소연은 마지못해 웃으며 작은 손으로 현수의 팔을 가볍게 쳤다. 현수는 그런 소연의 행동이 전혀 싫지 않았다. 소연에게 기술을 한 번 사용해 본 건데 반응이 썩 나쁘지 않은 것 같아 자신감이 생긴다.

"왜 이렇게 기분이 안 좋아 보여? 내가 맞춰볼까?"

소연은 타로카드를 꺼내는 현수를 물끄러미 바라보았다. 일곱 장의 타로카드들은 바의 테이블 위에 신비감을 주는 십자 대열을 이루며 놓여 있었다. 그러나 소연은 별 흥미 없는 무심한 눈으로 그 타로카드들을 주시했다.

"넌 항상 남자들한테 당하고만 살아왔어. 지금도 그렇고."

현수는 카드를 짚어가며 소연에게 진지하게 설명했다.

"혹시 기태오빠 얘기하는 거야?"

"글쎄. 나는 타로카드가 보여주는 대로 읽은 것뿐이니까…"

"맞아. 나 기태오빠랑 안 좋아. 이제 만나지 않으려고 방금 짐 싸서 나왔어. 오빠 만나서 이런 얘기하려니까 좀 그러네."

소연이 맥주 한 잔을 단숨에 들이키고는 가느다랗게 한숨을 내쉬었다. 현수는 그 틈을 놓치지 않고 팔로 자연스럽게 소연의 어깨를 감싸 안았다.

"내가 남이냐? 괜찮으니까 오늘만은 너 자신을 괴롭히지 말고 좀 놔 둬."

소연은 술이 오르는 듯 다시 길게 한숨을 쉬며 현수의 어깨에 머리를 기댔다. 현수는 소연의 뺨에 자신의 뺨을 갖다 대며 그녀를 감싼 팔에 힘을 주어 끌어당겼다. 소연은 그를 밀어내지 않았다. 현수가 손으로 소연의 얼굴을 돌리며 두 사람은 자연스럽게 키스를 했다. 그는 키스를 끝내고 입술을 떼며 그녀의 귀에 속삭였다.

"오늘은 나한테 자유로운 소연이를 보여줘 봐."

현수가 다시 껴안으며 진하게 키스를 하려고 하자 이번에는 소연이 그를 밀치고 자리에서 일어섰다.

"미안, 나 많이 취한 것 같아서 그만 일어서야겠어."

일어서서 나가려는 소연을 붙잡은 현수가 그녀를 돌려세웠다.

"소연아, 도대체 왜 그래? 우리 오늘 같이 있자."

"미안. 도저히 안 되겠어. 내 옆에 있는 사람이 내가 알던 현수오빠가 아닌 것 같아. 너무 생소하게 느껴져."

"그래. 나 변했어. 사람은 다 변하는 거잖아!"

"아니. 그런 게 아니고 이상하게 오빠의 진실한 마음이 전혀 느껴지질 않아. 예전엔 안 그랬거든. 왜 그런지는 모르겠지만… 나 이만 갈게. 미안."

현수는 둔기로 머리를 얻어맞은 듯 멍해졌다. 그는 몸을 돌려서 사라지는 소연을 끝내 잡을 수 없었다.

김선생을 찾아 온 찰리는 서류 봉투에서 자료들을 꺼내 놓았다.

희진의 약혼식 장면이 담긴 사진과 그 밖의 관련 사진들이었다. 김선생이 옆에 놓인 보이스 펜의 녹음기를 켜자 그 동안 녹음된 찰리의 육성이 흘러나왔다. 그가 자료를 대충 들춰 보고 시큰둥한 표정을 짓자 찰리가 한바탕 자화자찬을 늘어놓았다.

"이거 일일이 쫓아 다니면서 찍는 게 쉬운 줄 알아요? 아, 진짜 애 먹었다니까요."

"인마. 사진이 왜 다 이 모양이냐? 초점도 안 맞고 영 뭐가 뭔지 알아볼 수가 없잖아. 왜 그런 거 있잖아? 마구 찍어도 흔들리지 않고 빛이 흐려도 선명하게 나오는 거."

"무슨 제가 007인줄 알아요? 그런 카메라들이 얼마나 비싼데. 그래도

이 정도면 쓸 만한 거라구요. 취향, 특기, 선호 브랜드 뭐 암튼 잡다한 것까지 다 조사를 했어요. 이 정도면 충분하겠죠?"

"충분한지 안 한지는 한 달 뒤에 봐야지."

"암튼 선배 말대로 이제 결혼까지 딱 한 달 남았으니까 빨리 좀 시작해 봐요. 드라마틱하게."

"아직은 때가 아니야. 좀 더 무르익어야 돼."

"나 참, 무슨 애가 과일이에요? 더 익기를 기다리게… 앤 이제 완전 선수에요. 모든 여자들이 이 애가 몇 마디만 던졌다 하면 금세 사랑한다고요."

"그건 사랑이 아니라 욕망이야. 여기서 멈추면 썩은 제비 새끼가 되는 거지, 너처럼. 유혹을 위해 버렸던 자아를 스스로 다시 찾았을 때 기술이 완성되는 거야."

"핑계가 많으신 걸 보니 자신이 없으신가 보네. 선배님도 별 거 아니네요."

찰리는 일부러 김선생을 약 올리려는 듯 이죽거리며 그의 눈치를 살폈다.

"이 자식이 근데… 조금만 기다려. 마지막으로 하나만 더 가르치면 시작할 거야."

김선생의 성격과 고집을 아는 찰리는 더 말을 잇지 않고 입을 다물었다. 마침 현수가 문을 열고 들어왔다. 찰리는 서둘러 펼쳐진 자료들을 도로 봉투에 주워 담고 '선배만 믿습니다!' 하며 자리에서 일어섰다. 현수는 집을 나서는 찰리를 대수롭지 않게 바라보았다. 찰리가 사라지자 그는 이내 소파에 힘없이 주저앉으며 하소연을 쏟아놓았다.

"아무리 생각해도 이유를 모르겠어요. 다른 여자한텐 다 통하는데 왜 한 여자한테만은 안 통하는지…"

"당연히 안통하지. 넌 지금 사랑과 집착을 착각하고 있는 거야! 집착하면 서두르게 되고 그럼 다 망치는 거야. 천천히 여자가 스스로 깨닫게 해주는 게 중요하단 말이야."

김선생은 그 대상이 누구인지 묻지 않았다. 현수는 김선생이 자기에게 무심한 것 같아 약간 서운한 표정을 지었다.

"사람은 객관적인 시점으로 자신의 상황을 바라보게 될 때 스스로의 문제를 발견하는 경우가 많아. 일종의 자각몽처럼 말이지. 이렇게 자신의 경험을 객관적으로 바라보게 함으로써 여자 스스로가 관계지속을 방해하는 장애물을 제거할 수 있도록 하는 것, 그것이 바로 스토리텔링 기술이라는 거다!"

현수로부터 오늘 있었던 이야기를 다 듣고 난 김선생은 마치 준비라도 했던 것처럼 스토리텔링 기술에 대해 막힘없이 설명했다.

"무슨 말인지 잘 모르겠는데요."

"못난 놈… 오늘 소연이와의 만남을 떠올려봐! 네가 내게 얘기해준 순

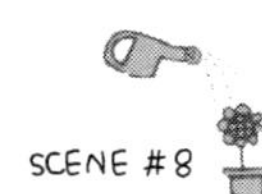

서에 따르면 타로카드 전까지는 좋았어. 너와 소연이는 이미 잘 알고 있는 사이니까 특별히 주의를 끌기 위해서 타로를 쓸 필요도 없고 콜드리딩을 할 필요도 없었던 거야."

김선생은 그때의 상황을 마치 옆에서 지켜보기라도 한 듯 설명했다.

"네가 팔로 자연스럽게 소연이의 어깨를 감싸 안으면서 그녀의 고개를 돌려서 자연스럽게 키스를 하고… 타로카드로 지나치게 시간을 끌었는데… 여기까지 좀 위험했지만 그래도 어떻게 넘어가긴 했지. 그러나 결정적인 실수는 다음에 있었던 거야. '오늘은 나한테 자유로운 소연을 보여줘 봐.' 키스를 한 후 네가 소연의 귀에 이렇게 속삭였다며? 그리고 네가 다시 껴안으며 진하게 키스를 하려 하자 소연이가 널 뿌리치고 일어섰단 말이지."

"뭐가 잘못됐죠?"

현수는 궁금증을 참지 못하고 김선생의 답변을 재촉했다.

"평소에 보여주던 모습과 다른 모습을 보여주는 것도 중요하지만 이런 느끼한 모습은 역효과야. 게다가 여자가 현재 심기가 불편한 상태일 때는 더 그렇고. 오히려 그 불편한 마음을 더 불편하게 자극한 꼴이란 말이야. 잘 되려면 이런 식이 되었어야지. 예를 들어서 피츠제럴드의 소설 위대한 개츠비의 내용을 대충 설명해 준 다음에 '나는 죽은 개츠비도 불쌍하지만 오히려 더 불쌍한 건 데이지라고 생각해. 자신을 이 세상 모든 것과 다 바꿀 정도로 사랑해주던 남자를 잃었으니까. 데이지가 일편

단심 기다리고 있는 개츠비에게 돌아갔더라면 두 사람 모두가 다 행복해지지 않았을까? 하고 말이야.”

“그렇게 했다면 어떤 반응이 나왔을까요?”

“개츠비의 줄거리를 얘기 해준 다음이라면 소연이는 데이지에게 몰입이 되고 네가 개츠비이며 자신이 데이지라는 사실을 무의식중에 알게 되지. 그리고 너의 말에 공감하면서 자신이 가야 할 길은 기태가 아니라 너라는 걸 스스로 판단하게 되는 거야. 거부감 없이.”

“그 다음은요?”

“기다리는 자에게 복이 있나니. 브라보~ 뭐 그렇게 되겠지. 사실 스토리텔링 기술은 20세기 위대한 심리상담가 중의 한 명인 밀턴 에릭슨이 잘 쓰던 기법으로 자신의 문제를 자신 스스로가 파악할 수 있도록 은유적인 이야기를 통해서 도와주는 기술이었어. 난 이 기술을 유혹에 적용한 거고 말이야.”

그 날 이후 김선생은 소연과의 일로 혼돈에 빠져 있는 현수를 며칠간 내버려 두었다. 스스로 해답을 찾아내기를 바라면서. 사흘 째 되던 날 그는 현수를 끌고 대학가에 있는 공원으로 나갔다. 꽤 많은 젊은 연인들이 여기저기 눈에 띄었다. 마침 무슨 일인지 단단히 삐져서 걷고 있는 여자와 그녀를 따르며 달래고 있는 남자의 모습이 보였다. 사실, 젊은 연인들이 많이 지나다니는 대학가 근처라면 그런 광경을 목격하는 건 그리 어려운 일도 아니었다. 김선생은 현수가 그 남녀를 바라보고 있는

것을 확인하고 입을 열었다.

"흔히 여자들을 이해하기 힘든 동물이라고 하는데 그건 여자들이 복잡한 사고체계를 가져서가 절대 아니야. 단지 변덕이 심한 거지. 생물학적으로 여자를 아름답게 만드는 호르몬인 에스트로겐의 특성은 여자의 성격을 변덕스럽게 만들어. 그래서 예쁜 여자일수록 변덕이 심한 걸지도 모르지."

"에스트로겐이란 호르몬이 아주 몹쓸 놈이군요. 남자들을 힘들게 만드니까요."

"정확히 말하자면 몹쓸 년이지. 하지만 변덕도 여자에겐 생존전략이야. 물론 의식적인 건 아니겠지만 자신도 모르게 일어나는 변덕을 통해서 남자의 인내심이나 배우자의 자질 등을 테스트하고 있는 거거든."

"이제야 여자들을 이해하기 힘든 이유를 알겠네요."

"그래도 이런 변덕 덕분에 임자 있는 여자에게도 얼마든지 작업이 성공할 수가 있는 거야. 하지만 강요하는 방식이면 안 돼. 거부감을 일으키거든. 스스로 결정한 것처럼 믿게 만드는 게 관건이야."

"그게 그리 쉬운 일은 아닐 것 같은데요."

"이 세상에 쉬운 일이 어디 있어? 그래서 스토리텔링 기술이 필요한 거야. 이 기술로 자신의 결정을 자신 스스로가 했다고 믿게 만드는 거지. 매우 애매하고 은유적인 스토리로 들려주는 게 좋아."

"자신의 의도대로 상대방을 조종한다니 그건 나쁜 기술이네요."

"나쁜 기술이란 없어. 그 기술을 써먹는 나쁜 사람이 있는 거지. 꼬마 때 홍콩 할매 귀신 얘기 있었지? 그거 다 엄마들이 자기 아이들을 일찍 귀가시키려고 만들어 낸 거짓 스토리야. 자식 걱정하는 엄마들을 나쁘다고 해야 되냐?"

"그렇군요."

현수의 대답은 긍정적이었지만 미심쩍어하는 표정이 역력한 얼굴이었다. 대화를 나누며 한참을 걷던 두 사람은 어느덧 한 대학교 정문 앞에 멈추어 섰다.

"그래. 표정을 보니 감이 잘 안 오나 본데 여기서 한번 직접 실습을 해 보면 어때?"

김선생이 손으로 대학교 캠퍼스 쪽을 가리키자 현수는 조금 놀라는 눈치다.

"네? 이런 대낮에 학교 캠퍼스에서요?"

"이제부터의 실습은 좀 달라. 이제부터는 상대와 관계를 지속시킬 수 있을 때까지 하나의 대상을 정해서 계속 실습한다. 그러기엔 여기가 좋아."

김선생은 현수를 데리고 캠퍼스 노천카페에 앉아 커피를 주문했다. 캠퍼스는 겨울 방학 중임에도 불구하고 계절강의를 듣는 꽤 많은 학생들로 붐비고 있었다. 현수는 요즘엔 성적이 좋은 학생들도 복수전공 학점을 위해서 계절 학기를 빼놓지 않고 챙겨 듣는다는 애기를 들은 적 있

었다. 현수는 갑자기 자신의 모습이 한심스럽게 느껴졌다. '남들은 방학인데도 학교에 나와 학점 딴다고 난리들인데 나는 이런 이상한 기술이나 배우고 있다니' 하고 자신을 돌아보았다. 현수는 생각이 여기에까지 미치자 갑자기 의욕이 확 사라지는 느낌이었다. 그러나 김선생은 그런 현수의 옆에서 오가는 사람들을 눈여겨보느라 여념이 없었다.

"추워요. 그만 가요."

"기다려봐. 보석을 발견하는 게 쉬운 줄 아니? 현수야, 쟤 어떠냐?"

김선생이 먹잇감을 발견한 하이에나처럼 눈을 반짝이며 턱으로 누군가를 가리켰다. 그가 가리키는 곳에는 희진이 팔에 책들을 끼고 캠퍼스를 가로질러 걷고 있었다. 희진을 알 리 없는 현수는 생각 없이 그냥 담담하게 고개를 끄덕이며 다시 한 번 그녀를 살펴보았다. 머리를 쓸어 넘기며 또박또박 걷고 있는 그녀의 모습이 눈부셨다.

"혹시라도 작업 도중에 실패할 것 같으면 오늘은 전화번호를 받는 데까지만 해. 알았지? 명심해. 이번 실습의 목적은 관계의 지속이지 단순한 일회성 만남이 아니란 걸 말이야. 듣고 있나?"

"알았어요. 그런데 오늘 실습은 다른 때보다 좀 더 신중하신 것 같네요?"

"이제 스토리텔링 기술을 배웠으니 이번 실습만 성공한다면 너는 하산해도 돼. 나머진 응용과 노력일 뿐이야."

"하산이요?"

현수는 갑작스런 김선생의 하산 통보에 적잖이 놀랐다. 그런 현수의 표정을 눈치 챈 김선생이 씩 웃었다.

"그 정도로 중요한 시점이란 거다. 자! 가 봐라!"

현수는 숨을 한번 크게 들여 마시고 일어서서 희진에게로 걸어갔다. 몽우리에서 막 피어나기 시작한 때 이른 봄꽃들이 곳곳에 눈에 띄었다. 현수는 캠퍼스가 아름답다는 생각을 하며 여유를 부려본다. 그러나 아무리 침착하려고 애를 써도 무슨 일인지 긴장이 됨을 숨길 수가 없었다. 현수는 희진에게로 걸어가는 자신의 발걸음이 그리 편하지 않다는 것을 깨달았다.

'최근엔 아무리 예쁜 여자를 유혹할 때도 별로 긴장된 적이 없었는데… 왜 이러지?'

등 뒤에서 인기척을 느낀 희진이 걸으며 현수 쪽을 돌아본다. 희진과 눈이 마주친 현수는 애써 환한 미소를 지어 보였다. 그러나 희진은 현수의 시선을 외면하고 계속 걸었다. 잠시 후 그녀가 결국 걸음을 멈추고 다시 현수를 돌아보았다.

"저 아세요?"

"네? 아, 그럼요. 저쪽에서 계속 지켜보면서 따라왔는데요."

"왜요?"

"그, 그게… 제가 좀 아까 그 쪽이랑 똑같은 옷을 입은 친구랑 학교 밖에서 헤어졌는데 그 친구가 다시 학교에 들어온 줄 알았어요."

SCENE #8

"그럴 리가요? 이건 제 개인 디자이너가 만들어 준거라 세상에 딱 한 벌뿐인데요. 잘못 보셨네요."

그녀는 약간의 불쾌감을 드러내며 현수를 빠르게 훑어보았다. 현수는 잠시 당황했지만 이내 의식적으로 다시 미소 지었다. 그때는 희진이 현수의 얼굴에서 시선을 돌려버린 터라 어느새 그의 이마로는 땀이 배어났다. 오기가 발동한 현수는 포기하지 않고 그녀의 뒤를 따르며 사과를 했다.

"사실은요. 저기서 그쪽을 보고 있다가 너무 마음에 들어서 전화번호라도 받을까 하고 급하게 따라 왔어요. 실례가 됐다면 미안합니다."

"잠깐 보고 도대체 어디가 마음에 든다는 거죠?"

현수는 희진의 당당하고 싸늘한 말투에 더욱 당황하며 더 말을 잇지 못했다.

"어느 한 부분이 마음에 든다면 정말 마음에 든 게 아니겠죠? 연구에 의하면 아름다운 이성에게 마음을 빼앗기는 데 0.5초면 된다고 합니다."

현수와 희진은 동시에 소리가 들리는 쪽을 돌아보았다. 그곳엔 김선생이 서 있었다. 갑작스러운 상황에 놀란 현수는 입을 다물지 못했다. 그 모습을 멀리 숨어서 지켜보던 찰리는 안도의 한숨을 쉬었다.

"남녀란 건 그런 거예요. 정말 어이없는 순간에 운명의 상대를 만나곤 하죠. 혹시 운명을 믿지 않는 건 아니겠죠?"

　자신감 있는 김선생의 태도에 희진도 좀 수그러든 말투로 입을 열었다.

　"운명을 잘 믿는 편은 아니지만 운명적인 상대는 분명 있다고 생각해요. 그런데 누구시죠?"

　"난 저 친구의 담당교수예요. 제가 오늘 인류학 강의 시간에 남녀가 서로 운명처럼 반하는 메커니즘을 설명하면서 '첫눈에 반한 이성에게 무조건 다가가 용기 있게 말을 걸어라. 안 그러면 운명적인 만남의 기회조차 놓칠지 모른다.'란 말을 했는데 저 친구가 그 말을 실천한 모양이오. 허허."

　김선생의 얘기를 들은 희진이 옆에 당황한 채 서 있는 현수를 돌아보고 살짝 웃음을 터트렸다.

　"이 노교수의 말을 거짓말로 만들지 않기 위해서라도 저 친구에게 전화번호 정도는 주면 어떻겠소? 학생 같은 미모면 전화하는 남자도 많을 듯 한데 거기에 하나가 추가된다고 달라질 건 없을 테고."

　김선생이 여유롭게 허허 웃으며 희진을 자세하게 살펴보았다. 세 사람을 지켜보며 가슴을 태우던 찰리가 혼잣말로 중얼거렸다.

　"오호, 더블바인드 기술! 하나는 거짓말로 만들지 말아 달라, 하나는 전화번호를 달라. 이러면 상대가 두 번 거절해야 되니까 거절이 힘들어지지."

　"어떡하죠? 저는 전화기가 없는데. 저쪽에 있는 분들을 통해서 연락

하셔야 할 텐데 제 마음하고는 상관없이 안 바꿔 줄 텐데요. 몇 명 가르쳐 줬었는데 아무하고도 통화 못 해 봤어요. 전화기가 없으니 교수님을 거짓말쟁이로 만든 건 아니죠? 운명이 있으면 또 만나겠죠."

희진은 손가락으로 두 사나이가 서 있는 곳을 가리켰다. 경호원들이 차를 대기시켜 놓고 있었던 것이다. 그녀는 가볍게 목례를 하고 기다리는 승용차를 향해 걸어갔다. 당황한 표정의 김선생, 입이 떡 벌어진 현수, 그리고 멀리서 바라보며 절망에 빠진 찰리, 세 사람 모두가 희진의 멀어지는 뒷모습을 지켜볼 뿐이었다.

희진과의 실습에 실패한 현수를 향해서 김선생은 실망한 표정을 넘어 노골적으로 화를 내기까지 했다. 매우 못마땅한 표정으로 집에 들어온 김선생은 현수가 앉자마자 꾸짖기 시작했다.

"오늘 네가 실패한 진짜 이유는 그 여자를 가지고 싶은 마음이 없어서야. 첫 실습 땐 안 그랬잖아?"

"실습 때마다 여자가 다 제 마음에 들 수는 없는 거잖아요."

"맘에 들고 안 들고는 중요한 게 아니야. 언제나 유혹을 하는 그 순간만큼은 자신도 속을 정도로 여자를 갈망하는 마음을 가져야 돼."

"상대 여자가 제 속마음을 어떻게 알겠어요? 그런 척 하면 되는 거지."

"그래서 네 놈은 아직 아마추어일 수밖에 없는 거야!"

"오늘 결정적인 실패는 선생님이 개입해서 그런 거라고요. 저 혼자 두셨으면 어떻게든 됐어요. 제가 증명해 보이겠어요."

김선생의 꾸짖음에 오히려 짜증을 내며 한 마디 던진 현수는 요란스럽게 문을 밀치고 집을 나갔다. 현수가 집에서 사라지자 곧 이어서 찰리가 들어섰다.

"선배, 이게 대체 무슨 사태요?"

김선생은 찰리에게 눈길조차 주지 않은 채 생각에 잠겨 있었다.

"무슨 말이든 좀 해봐요! 답답해 죽겠네. 에이 씨, 이제는 원초적인 방법을 쓸 수밖에 없겠어요."

찰리의 말이 끝나기도 전에 김선생의 손이 날아와 그의 뒤통수를 때렸다.

"아야, 방귀 뀐 사람이 화낸다더니 왜 때려요?"

"내가 다 알아서 할 테니 쓸데없는 짓 할 생각이라면 그만 둬!"

"이제 한 달도 안 남았어요. 시간이 다급한 이 마당에 그런 거 따질 때에요? 그렇게 합시다. 이건 실패 안 한다구요."

"난 그런 얕은 수는 안 써."

"깊은 수는 됩디까? 이런 게 의외로 잘 먹혀요. 올디스 벗 구디스, 몰라요?"

"아무리 급해도 그렇게는 안 한다니까!"

김선생의 단호한 거절에 찰리는 그저 답답한 표정으로 안달을 부렸

다.

　한편 김선생에게 모욕적인 꾸지람을 들은 현수는 분을 가라앉히려고 노력하며 그의 말을 곰곰이 되씹었다. 자신이 실패한 이유에 대해 스스로를 납득시키기 위해 그때의 상황을 떠올리며 분석했다.

　다음 날 현수는 희진의 학교로 가서 그녀의 행동반경을 체크했다. 그리고 드디어 그녀와 맞부딪칠 장소를 찾아냈다. 희진이 하루에도 두 번 정도는 꼭 들르는 학교 내의 편의점이었다. 희진이 냉장고 문을 열고 병에 든 고급 메이커의 커피를 한 개를 집으려는 순간, 하나 밖에 남지 않은 그 커피를 뒤에서 채가는 누군가의 손이 있었다. 그녀가 뒤를 돌아보니 그 커피는 현수의 손에 들려 있었다.

　"어? 이거 드시려고 그랬어요?"

　현수는 방금 처음 만난 여자에게 하듯 유혹의 기술의 정통 방법을 택했다. 바로 오프너와 네거티브로 이어지는 루틴이었다.

　"어머, 어제 그분이네요? 오늘은 또 무슨 수업 때문에 오셨나요?"

　희진은 의외로 반가운 듯 아는 체를 했지만 오히려 현수는 짐짓 기억이 안 나는 척 했다.

　"아, 죄송합니다. 기억이 안 나네요."

　그녀는 그의 반응에 조금 민망한 표정으로 설명을 했다.

　"왜 어제 학교에서 그쪽이 저한테 먼저 말 걸었었잖아요. 기억이 안 난다면 그만이죠 뭐."

현수는 희진이 샐쭉해져 편의점을 나서려고 하자 급하게 앞을 막아섰다.

"아뇨. 그쪽이 기억이 안 날 리가 있나요. 다시 그쪽을 만나면 드리려고 가지고 다니는 게 있었는데 그걸 어디 뒀는지 기억이 안 난다구요."

"네?"

자신의 가방을 뒤지던 현수가 연고 하나를 꺼내서 희진에게 내밀었다.

"아, 여기 있었구나. 이거 받으세요."

희진은 영문을 몰라 현수가 내미는 연고와 그의 얼굴을 번갈아 보았다.

"이게 뭐죠?"

"연고에요. 헤르페스에 바르는 연고요."

"헤르페스요?"

현수가 손가락으로 자신의 입가를 가리키자 희진이 이제야 알겠다는 듯 미소 지었다.

"어제 보니 입가에 작은 물집이 잡히셨더라고요. 그래서 혹시 다시 만나면 드리려고 가지고 다녔어요. 그건 헤르페스라는 바이러스 때문인데 꽤 오래가거든요. 저도 그런 물집이 잘 생겨서 알아요."

"그래요? 전 조금만 피곤하면 생기는 물집 때문에 항상 고생이에요."

현수는 희진과의 공통점을 강조하며 라포르를 형성해 갔다.

희진에게 연고를 건네준 현수는 카운터로 걸어가 커피 값을 계산하고 편의점을 나섰다. 감사 인사를 할 기회를 찾지 못했던 희진은 현수에게 이끌리듯 자연스럽게 그 뒤를 따라 나섰다. 앞에서 걷던 현수가 갑자기 몸을 돌려 뒤 따라오는 희진의 오른 쪽으로 걸어갔다. 희진은 핸드백을 왼손에 들고 있었다. 오른 쪽이 열려 있는 방향인 것이다.

희진은 현수가 가까이 다가서자 조금 당황하는 표정이었다.

"왜요?"

현수는 들고 있던 커피를 희진에게 내밀었다.

"이거 드세요."

"그거 그쪽이 마시려고 산 거 아니에요?"

"맞아요. 그래도 그쪽이 드세요. 저는 다른 것 먹어도 되지만 그쪽은 아닌 것 같아서요."

"고마워요."

"뭐가요?"

"커피도 고맙고 연고도 고맙고…"

커피를 받아든 희진이 감사의 인사를 건네자 현수는 까딱 고개만을 움직여 답례를 하고 몸을 돌려서 그녀와 반대로 걸어갔다. 그는 속으로 '하나, 둘, 셋…'을 세면서 그녀가 자기를 불러 세워주기를 기다렸다. 그러나 그녀의 부름 소리는 들리지 않았다. 현수가 뒤를 돌아보니 희진은 그냥 가던 길을 가고 있었다. 황당해진 현수가 난감해진 표정을 지었

SCENE #9

다. 김선생과 찰리도 멀리 숨어서 그 모습을 바라보고 있었다. 찰리는 두 사람을 지켜보던 쌍안경을 걷으며 절망에 찬 목소리로 옆의 김선생을 닦달했다.

"뭐야? 이번에도 이게 끝이야? 선배! 이젠 정말 어쩔 도리가 없어요. 그 방법뿐이에요. 전화로 현수를 불러내기만 하세요."

김선생도 이번에는 아무 말 못하고 현수에게 전화를 걸었다.

"좀 보자."

현수는 김선생이 알려주는 대로 패밀리 레스토랑 옆 동물병원 앞에서 그를 만나기로 했다.

"전 도착했어요. 무슨 맛있는 걸 사주시려고 여기까지 오라고 하신 거예요? 여기서 기다리면 되죠?"

도착하자 김선생에게 전화를 거는 현수의 표정이 밝았다. 그는 먼저 도착해 김선생을 기다리고 있었다. 김선생이 화낸 것이 미안해 맛있는 거라도 사주려는 것으로 짐작하고 있었던 것이다. 그러나 사실은 현수가 생각하는 것과는 달랐다. 현수가 김선생을 기다리고 있는 곳은 희진이 사랑하는 애완용 개 '보리' 의 단골 동물병원이었다.

3층에 위치한 동물병원으로 올라가는 엘리베이터 앞에서는 아이들이 개 껌을 가지고 장난을 치고 있었다. 보리를 안은 희진이 엘리베이터를 기다리는 동안 아이들이 개 껌으로 희진의 등 쪽에서 보리를 약 올렸다.

그녀가 엘리베이터에 들어서고 문이 닫히려는 순간 약이 오른 보리가 닫히는 문틈으로 개 껌을 물기 위해 점프 하며 뛰쳐나갔다. 희진은 당황하여 열림 버튼을 눌러 보지만 엘리베이터는 올라가기 시작했다. 그녀는 엘리베이터 속에서 보리를 불러댔다. 아이들이 우르르 동물병원 건물에서 몰려나오면서 안고 있던 보리를 현수에게 던졌다. 현수가 얼떨결에 보리를 안은 채 차도로 넘어지자 그 바람에 급정거하는 승용차의 급브레이크 소리가 요란했다. 급정거하는 차 소리에 새파랗게 질려서 달려 나오던 희진은 보리를 안고 차도에 쓰러진 현수를 발견했다. 놀란 가슴을 진정시키며 보리를 안고 일어서던 현수와 희진의 눈이 마주쳤다. 희진은 그 순간 문득 현수와의 만남이 운명적이라는 생각에 사로잡혔다.

급정거 했던 승용차의 운전석에서 찰리는 희진과 현수가 반갑게 다가서는 것을 확인하고 쌩하니 차를 몰아 그곳을 떴다. 잠시 후 찰리는 돌아선 모퉁이에 차를 세우고 기다리고 있던 아이들에게 요즘 유행하는 어린이용 게임 카드를 나누어 주었다.

"수고들 했어. 너희들이 이 아저씨를 잘 도와 줬으니까 약속대로 카드를 주는 거야."

아이들은 찰리에게서 카드를 받으며 신이 나서 마구 소리치고 좋아했다.

"난 남은 일이 있어서 이만 안녕."

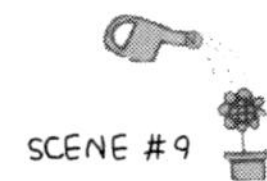

찰리는 황급히 차를 몰고 큰길로 나섰다. 그에게는 희진의 경호원들을 그녀에게서 떼어놓아야 하는 임무가 남아 있었다. 찰리는 다시 동물병원의 주차장으로 돌아가 경호원들이 탄 차를 일부러 뒤에서 박고 뺑소니를 쳤다. 직업상 불의를 당하고는 못 사는 경호원들은 찰리가 탄 차를 쫓기 시작했다. 찰리는 자신이 세운 작전이 계획에 따라 착착 진행되는 것이 기뻤다. 그는 김선생이 못마땅해 하는 작전임에도 불구하고 시간이 촉박하다는 이유로 이 작전을 밀어붙였고 김선생도 마지못해 묵과하고 있는 형편이었다. 그래서 더더욱 찰리는 실수 없이 이 작전을 성공시키고 싶었다. 이제 경호원들을 멋지게 따돌리고 나면 성공을 장담해도 좋을 것 같았다.

현수는 영문도 모르는 채 희진과 다시 만나게 되자 두 사람의 인연이 보통을 넘는다고 믿었다. 냉정하고 사무적이던 희진이 처음으로 부드럽게 그에게 인사를 건넸다.

"그쪽이 아니면 큰일 날 뻔 했어요. 그런데 여긴 어쩐 일이세요?"

"김교수님을 여기서 만나기로 했거든요."

"정말 묘한 인연이죠? 저는 그쪽한테 매번 신세만 지네요. 오늘은 감사의 뜻으로 제가 저녁을 사고 싶은데요."

"글쎄요. 김교수님과…"

그때 현수의 휴대폰이 울렸다. 김선생이었다. 급한 일이 생겨서 오지 못하겠다는 내용이었다. 현수는 타이밍이 기가 막힌다고 생각했지만 오히려 그것이 운명이겠지 믿으며 희진의 저녁 초대를 받아들였다.

"대신 식당 안내는 제가 해도 되겠지요?"

"그러세요."

희진이 돌아보니 무슨 일인지 경호원들도 보이지 않았다. 그녀는 기회는 이때다 싶어 얼른 보리를 동물병원에 맡겨놓고 나와 현수가 안내하는 곳으로 따라나섰다. 경호원들이 돌아오기 전에 어서 이 자리를 떠나야 된다는 생각에 서둘렀다.

비좁지만 정감이 느껴지는 실비집에서 낡은 탁자를 사이에 두고 현수와 희진이 마주 앉았다. 이런 식당이 처음인 듯 실비집 안을 둘러보며 희진은 생소해 했다.

"저는 이런 데가 아니라 맛있는 데서 저녁을 사드리려고 했었는데…"

"저는 세상에서 제일 맛있는 집이 바로 이 집인데요?"

"정말요? 그렇게는 안 보이는데…"

"일단 저를 한번 믿어보시라니까요. 여기요, 막걸리하고 모듬전 좀 주세요!"

현수는 분위기에 낯설어하는 희진을 안심시키며 주방 쪽을 향해 외쳤다. 모자를 깊이 눌러 쓴 찰리가 어느새 홀 서빙을 돕고 있었다. 워낙 오래 된 단골집이라 잠시 서빙을 돕겠다는 청이 그리 어려운 부탁은 아니었을 것이다. 그는 사람들의 눈을 피해 주방에서 나온 막걸리 주전자에

가루약을 탔다. 찰리는 고개를 수그리고 주전자와 모듬전을 가지고 와서 현수의 탁자 위에 놓아주었다. 현수와 희진은 서빙 하는 사람 따위에는 관심조차 보이지 않았다. 현수가 손으로 고기 전 하나를 집어서 희진에게 내밀자 그녀는 어쩔 줄 몰라 멈칫거렸다.

"자요, 먹어봐요. 얼마나 맛있는데요. 교수님과 저는 가끔 이 집에 와요."

손으로 받아야 할지 입으로 받아먹어야 할지 잠시 망설이던 희진은 마지못해 현수가 내미는 고기 전을 조심스럽게 한 입 베어 물었다. 고기 전을 조심조심 씹어보는 희진을 현수는 긴장한 채 바라보았다. 마치 시험 결과가 나오기를 기다리는 고시생처럼. 잠시 후, 초조하게 반응을 기다리는 현수를 향해 희진이 환하게 미소를 지었다.

"어머, 정말 맛있네!"

"그렇죠? 그럼 이것도 마셔 봐요. 환상의 궁합이거든요!"

희진은 현수가 사발에 따라주는 막걸리를 용기 내어 마셔보고는 만면에 미소를 지으며 엄지를 세워서 흔들었다. 그때부터 그녀는 막걸리와 전을 정말 맛있게 먹어댔다. 현수도 덩달아 그녀와 보조를 맞추려는 듯 쉴 새 없이 막걸리를 마시고 전을 집어 먹었다. 귀엽게 음식을 먹고 있는 희진의 모습에 흥분해서인지 붉어진 현수의 얼굴이 더욱 뜨거워졌다. 현수는 갑자기 심장박동 소리가 크게 들릴 만큼 자신이 격앙되어 있다는 것을 느꼈다.

'잠깐, 내가 왜 이러지?'

그러나 격앙되어 있는 것은 현수뿐만이 아니었다. 희진도 막걸리를 비울 때마다 현수가 점점 양치기 목동에서 왕자님으로 변해가는 것 같은 기분을 느꼈다. 그녀는 그런 자신의 상태가 실비집의 분위기 때문이라고 생각하고 현수에게 제의를 했다.

"저, 현수 씨. 우리 그만 마시고 나가서 바람이라도 쐬는 게 어때요? 좀 취하는 것 같아요."

두 사람은 피맛골의 실비집을 나와 청계 광장으로 걸어갔다. 꽤 많은 사람들이 청계천의 물가를 거닐고 있었다. 두 사람은 아름다운 조명이 비추는 청계천 물가에 나란히 앉았다. 희진이 조금 어지러운 듯 손으로 이마를 짚었다.

"조금 술이 과했나 봐요."

"막걸리 괜히 마신 거 아니에요?"

"아니에요. 처음이었지만 정말 맛있었어요!"

"저도 그 술을 처음 마시던 때를 기억해요. 대학교 신입생 환영회 때였는데 그때 제가 목이 좀 많이 말랐었거든요. '끈적끈적'하게 진한 막걸리를 단숨에 '꿀꺽꿀꺽' 마셨는데 목으로 '쭈우욱' 들어가는 기분이 '황홀한 느낌' 그 자체였어요. 온 몸이 막걸리 속에 '녹아드는' 느낌이랄까…"

현수는 희진의 눈을 은근하게 들여다보며 관능적인 단어에 더욱 진한

느낌을 실어서 말했다. 술이 취해서 정신도 가누기 힘들었지만 자신도 모르게 서브리미널 기법을 사용하고 있는 것이다.

'몸 기억' 이란 것이 있다. 운동선수들은 시합 때 머리를 쓰지 않아도 반사적으로 기술이 나오게 하기 위해서 같은 동작을 수백 번씩 반복하여 머리가 아닌 몸에 기억시킨다. 장자에 나오는 윤편(수레를 만드는 장인)은 수레바퀴를 깎으며 이렇게 말했다.

"소인이 하는 바퀴 깎는 일은 너무 느슨하게 잡으면 견고하지 못하고 너무 되게 잡으면 빡빡해서 들어가지가 않습니다. 느슨하지도 되지도 않게 하는 것은 오랫동안 손으로 터득하여 머리가 하는 일이 아니기에 그 비결은 말로 표현할 길이 없습니다요."

이런 것이 바로 몸 기억이 아닐까. 현수는 그동안의 훈련으로 자신도 모르는 사이에 기술들이 몸에 익어 있었다. 그래서 의도하지 않아도 자연스럽게 희진에게 그 기술을 사용하고 있는 것이었다.

현수의 말을 들으며 자신도 모르게 마음이 느슨해진 희진은 그의 품에 머리를 푹 파묻고 잠이 들었다. 현수는 희진의 잠든 얼굴을 그윽한 눈빛으로 바라보았다. 깊이 잠이 든 것 같았다. 그도 잠이 쏟아지는지 자꾸 몸이 나른해져왔다. 그렇다고 길 위에 드러누울 수는 없는 일이었다. 현수는 희진을 들쳐 메고 주변의 모텔로 들어가며 혼잣말로 중얼거렸다.

"아니, 술이 왜 이렇게 약해요? 이렇게 약해서 이 험한 세상 어떻게 살라구. 집이 어딘지를 알려줘야 데려다 주지. 근데 오늘은 나도 정말 힘이 드네. 술이 오늘따라 왜 이렇게 확 오르지?"

두 사람의 뒤에 따라 붙어 열심히 사진을 찍고 있는 찰리가 언뜻 보이는 듯 하더니 이내 사라졌다.

얼마나 시간이 흘렀을까 희진이 눈을 떴을 때는 낯선 공간이었다. 창으로 새어 들어오는 햇살로 아침인 것을 알았고, 누워 있는 침대 시트에 박혀 있는 이름으로 모텔임을 알았다. 그녀는 화들짝 놀라 두리번거렸다. 이불로 몸부터 가리고 난 다음 서서히 자신의 차림새를 훑어보았다. 점점 상황 파악이 되는지 이불을 걷어내니 외출복 차림으로 입은 옷 그대로였다. 안도하고 실내를 살펴보다가 작은 소파에 우스꽝스러운 모습으로 잠든 현수를 발견하고 웃음을 터뜨렸다. 그의 잠든 모습이 귀여웠다. 현수도 잠이 깨는지 몸을 뒤척였다. 희진은 장난기가 발동한 듯 웃옷을 어깨 밑으로 끌어내려 어깨를 노출시킨 후 갑자기 우는 시늉을 했다.

"흑흑, 왜 그랬어요?"

"네? 아니… 저는 아무 짓도…"

희진의 우는 소리에 화들짝 잠이 깬 현수는 소파에서 일어나 앉아 몸 둘 바를 몰라 했다.

"흑흑… 기억 안 나요? 이래도 아니라는 거예요?"

SCENE #9

그녀가 감싸고 있던 이불을 살짝 내려 맨 어깨를 보여준다.

"아니, 아… 전 맹세코, 진짜로… 술은 좋아해도 필름이 끊긴 적은 좀처럼 없는데…"

희진의 흐느낌이 커지사 울상이 된 현수가 말을 더듬으며 그녀 앞에 손사래를 쳤다.

"희진 씨. 진정하세요. 오해예요. 제가 필름이 끊겼다 한들 짐승으로 변하진 않아요. 저는 정말 그런 남자가 아닌데…"

실은 현수가 자신을 지켜주었다는 사실이 감동스러웠던 희진은 너무 순진한 그의 태도에 까르르 웃었다. 그제야 희진의 장난임을 알아차린 현수가 소파에 힘없이 털썩 주저앉는다.

"현수 씨, 우리 놀러 갈래요?"

희진이 시계를 들여다보았다. 모처럼 집과 스케줄과 경호원들로부터 탈출한 그녀는 이대로 그냥 집으로 돌아갈 수는 없다고 생각했다. 지금쯤 집에서는 희진의 행방을 찾아 온통 난리가 났을 것이라 생각하니 웃음이 절로 터졌다.

"뭐 좀 신나는 일이 없을까요? 일생일대의 추억이 될 만한…"

잠깐 생각하던 현수가 손가락을 튕기며 그녀를 잡아끌었다. 현수는 정기 휴일이라 문 닫은 삼촌의 중국집에서 은밀히 배달 오토바이를 빼내왔다. 물론 희진은 그곳이 현수 삼촌의 중국집이라는 것을 알지 못했다.

"지금 난 오토바이를 훔치는 거예요."

현수는 희진을 놀리려고 한 얘기였지만 그녀는 오히려 너무 흥미진진한 표정으로 망까지 섰다. 낡은 오토바이는 시동이 잘 걸리지 않았다.

"배터리가 방전됐나 봐요."

현수가 점프 선을 가져다가 배터리에 꽂았다. 플러스 극을 연결한 후 마이너스 극에 연결하던 현수가 갑자기 비명을 질렀다.

"으악…!"

"어머…!"

덩달아 놀라서 비명을 지르는 희진의 얼굴은 사색이 되었다. 현수가 혀를 쏙 내밀어 '메롱' 하고 희진 앞에 얼굴을 들이밀었다.

"저도 아까 한번 당했잖아요? 복수!"

현수의 말에 희진이 심하게 울먹이며 몸을 떨었다.

"우리 할아버지가 그렇게 돌아가셨어요."

"미안해요. 전 그냥 장난을…"

현수는 어쩔 줄을 몰라 하며 희진에게 사과를 하려고 애썼다. 이번에는 희진이 혀를 내밀어 '메롱' 하고 웃었다.

"속았죠? 이제 우리 비긴 거예요."

두 사람은 서로의 얼굴을 바라보며 웃었다.

"알았어요. 비긴 걸로 쳐요. 근데, 매일 근사한 차만 타고 다녔을 텐데 이런 후진 오토바이 괜찮겠어요?"

SCENE #9

"꼭 한번 타 보고 싶었어요."

희진은 현수의 뒷좌석에서 그의 허리를 꼭 감싸 안고 오토바이가 출발하기를 기다렸다.

오토바이는 바람을 가르며 신나게 달렸다. 희진은 즐거워서 마구 소리를 질렀다. 희진에게는 모든 것이 새롭고 경이로웠다. 그녀에게는 스치는 풍경들이 마치 세상에 태어나서 처음 보는 것 같았다. 어릴 적부터 고급 승용차의 뒷좌석에서만 보았던 풍경들이었다. 학교가 끝나면 경호원들이 기다리는 승용차를 타고 일주일에 세 번은 수영장으로, 일주일에 두 번은 피아노 개인 레슨, 금요일 저녁은 항상 부모님을 따라 사교 모임인 파티에, 주말에는 골프 레슨… 일주일 중 단 하루도 희진이 마음대로 쓸 수 있는 시간은 없었다. 오늘은 애완견 보리의 예방 접종을 핑계로 동물병원에 나왔다가 현수와 마주친 것이었다. 경호원을 따돌리는 일이 언제나 희진의 몫이었는데 오늘은 어쩐 일인지 그들이 알아서 그녀의 눈앞에서 사라지는 기이한 일이 벌어졌던 것이다. 희진은 자신이 로마의 휴일의 '앤 공주'라도 된 것 같은 기분이었다.

"현수 씨, 오늘은 내가 하고 싶다는 거 다 해 줄 수 있죠? 평생에 한 번 뿐일지 모르는 이 기회를 최대한 멋지게 보내고 싶어요."

두 사람은 달리다가 한 번씩 오락실에도 들르고 아이스크림도 사먹고 길거리 포장마차에서 따끈한 어묵과 떡볶이도 먹었다. 희진은 또래의 여대생들처럼 평소에 해보고 싶었던 서민적이고 평범한 데이트에 마냥

신이 났다. 그녀가 즐거워하자 현수도 기분이 최고였다.

"저거 스티커 사진 찍는 거죠? 우리도 찍어요."

현수는 그녀가 하고 싶어 하는 일이면 뭐든 해주었다. 오토바이를 타고 달리는 그들의 얼굴에는 웃음이 떠나지 않았다. 그렇게 시간 가는 줄 모르고 다니다보니 어느덧 해가 지고 있었다.

"나한테 좋은 아이디어가 있어요."

이번에는 희진이 현수를 리드하며 아무도 없는 불 꺼진 수영장으로 이끌었다.

"여긴 왜 오자고 한 거예요? 이러다 들키면 큰일 나요."

현수는 난생 처음 와 보는 호텔 수영장으로 들어서며 완전히 겁먹은 얼굴로 희진을 바라보았다. 그녀의 얼굴에는 두려운 표정이 조금도 엿보이지 않았다. 아까 현수가 중국집 배달 오토바이를 끌어낼 때의 표정과 닮아 있었다.

"큰일 나긴 뭐가 큰일 나요? 무슨 남자가 그렇게 용기가 없어요. 테스트해 볼 게 있단 말이에요."

"테스트는 무슨 테스트를 해요? 이거 무단 침입이잖아요? 도둑놈으로 몰리면 어떡해요?"

"재밌잖아요?"

"재밌긴 뭐가 재밌어요? 얼른 나가요."

현수가 수영장에서 나가기 위해 몸을 돌렸을 때 희진이 비명을 지르

며 수영장으로 빠지고 말았다. 그녀는 물속으로 들어갔다 나왔다 하며 소리쳤다.

"현수 씨! 어, 어, 어떻게… 발이 안 닿아요."

급한 마음에 현수도 물에 뛰이 들었지만 허우적거리기는 마찬가지였다. 희진이 웃음을 머금으며 발을 딛고 일어섰다.

"수영 못해요?"

"모, 못해요."

"수영도 못하면서 무작정 물로 뛰어들면 어떻게 해요? 일어서 봐요."

희진이 그의 손을 잡아 일으켜 세웠다. 일어서니 가슴께 정도의 깊이에 불과했다.

"희진 씨가 물에 빠졌잖아요. 그걸 보고 저도 모르게 그만…"

현수는 발을 딛고 일어섰지만 물을 많이 마셨는지 계속 물을 토해내며 숨 가쁘게 말했다. 희진은 그런 현수를 보며 미안한 마음이기보다는 생전 처음 느껴보는 낯선 감정에 빠져든 복잡한 심경이었다. 물 밖으로 나온 두 사람은 물이 뚝뚝 떨어지는 옷을 입고 덜덜 떨고 있었다.

"너무 춥다 그죠?"

"그러게 왜 여긴 오자고 했어요? 이렇게 하고는 못 나가요. 이대로 나가면 우린 얼어 죽을 거예요."

현수가 걱정스레 희진의 젖은 옷을 살폈다.

"옷 좀 빌리죠 뭐. 잠깐 기다려요."

희진은 밝게 웃으며 갑자기 어딘가로 달려갔다.

잠시 후 돌아온 희진의 손에는 호텔 벨 보이 옷과 신발이 두 쌍씩 들려져 있었다. 눈이 휘둥그레진 현수를 보며 희진은 무엇이 그리 재미있는지 또 한바탕 웃어댔다.

"그걸 입자고요?"

"그럼 여기서 밤을 새우다 들켜서 경찰서 갈래요? 아니면 나가서 얼어 죽을래요?"

현수는 할 말을 잃었다. 라커룸으로 통하는 문은 모두 잠겨 있었다. 두 사람은 유일하게 열려있는 간이 샤워실로 들어갔다. 뒤돌아 선 채로 옷을 갈아입기로 했다.

"훔쳐볼 생각일랑은 말아요… 아요… 아요… "

희진의 말소리가 빈 샤워실 안에서 메아리처럼 울렸다. 그녀의 얼굴에는 아직 웃음기가 가시지 않았지만 현수의 얼굴에는 걱정이 가득했다.

"걱정 말아요… 아요… 아요… 근데 여긴 말소리가 심하게 울리네요… 네요… 네요…"

"그러게요… 게요… 게요… 어허, 고개 돌아간다… 간다… 간다…"

"안 본다면 안 봐요… 봐요… 봐요…"

"현수 씨, 우리 사귈래요…? 래요…? 래요…?"

"안 돼요… 돼요… 돼요…"

　현수의 말이 커다랗게 메아리가 되어 샤워실 안에 울려 퍼지자 두 사람은 동시에 깔깔거리며 웃음을 터트렸다.

　수영장에서 벨 보이 옷을 입은 희진과 현수가 걸어 나왔다. 두 사람은 가관인 서로의 모습을 바라보며 연신 웃어댔다. 저쪽에서 야근 중이던 직원 하나가 소리쳤다.

　"어이, 거기! 아직도 퇴근 안하고 여기서 뭐해?"

　서로를 바라보며 눈빛을 나누던 두 사람은 약속이라도 한 것처럼 달아나기 시작했다.

　"네, 저희 퇴근할게요!"

　직원이 그런 두 사람을 의아하다는 듯 바라봤다.

두 사람은 호텔을 빠져나와 길 맞은 편 골목에 포장마차가 눈에 띄자 물어볼 것도 없이 무단횡단을 시도했다. 포장마차에 다른 손님은 없었다. 현수와 희진은 벨 보이 옷을 입고 천연덕스럽게 포장마차로 들어와 자리를 잡고 앉았다. 주인이 이상한 듯 힐끔거렸지만 두 사람 모두 그런 것에는 전혀 신경을 쓰지 않았다. 곧 말아져 나온 뜨끈한 우동이 두 사람의 언 몸을 녹여 주었다.

"현수 씨 같은 사람 처음 봤어요."

"저도 희진 씨 같은 사람 처음 봤어요."

"현수 씨는 의외로 순진한 거 같아요. 전 처음엔 날라린 줄 알았는데."

"왜요?"

"저한테 말을 걸었잖아요. 학교에서는 저한테 말을 거는 사람이 별로 없거든요. 제가 쌀쌀맞아 보이나 봐요. 사실 사람들이 나를 좀 편하게 대했으면 좋겠는데…"

"희진 씨가 너무 부잣집 딸이라서 부담스러워 하는 거 아닐까요?"

"어머? 그걸 어떻게 알았어요? 혹시 그걸 노린 거예요?"

"저쪽에 있는 사람들이 자기 경호원이라고 대놓고 알려준 게 누군데

요?"

"그랬죠? 현수 씨는 안 그런 사람인 거 같아요. 그렇게 불순한 느낌은 없었으니까요."

현수는 환하게 웃고 있는 희진의 얼굴을 바라보았다. 그는 사심이라곤 없어 보이는 그녀의 눈을 자신도 모르게 피하고 말았다. 잠시 고민하던 현수가 다시 시선을 맞췄다.

"솔직히 말하면 불순한 의도로 접근한 거 맞아요. 저 선수에요."

"네?"

"그래요. 기왕 이렇게 된 거 솔직하게 말할게요."

현수가 결심한 듯 입을 열었다.

"그 날, 비가 내리고 있었죠."

현수는 되도록이면 담담하게 말하려 애썼다.

"한 여자에게 버림을 받았어요. 언제나 그랬듯이 말이죠. 난 어찌해야 좋을지 모른 채 빗속에서 울고 있었어요. 그걸 선생님이 보신 거죠. 그날 선생님은 자신이 만든 유혹의 기술이란 걸 저에게 가르치기로 결심하셨던 거예요. 나는 그때까지 세상에 그런 기술이 있을 거라고는 상상도 못했었어요."

그의 이야기는 너무나 진지했고 한마디 한 마디 말 속에 진실이 배어 있음이 느껴졌다.

"그 기술을 배우고 클럽에서 실습을 하던 날, 전 정말 예전의 내가 아닌 나를 알게 됐어요. 여자와 처음으로 능숙하게 이야기를 나누었거든요. 소심해서 여자들에게 말 한 마디 못 건네던 내가 말이죠. 여자들마다 나에게 정말 좋은 사람이라고 말하면서 다들 등을 돌렸어요. 내가 좋아하는 여자들에게 난 단지 좋은 사람일 뿐이었죠. 난 그게 싫었어요.”

현수의 얼굴에 짙게 그늘이 드리웠다. 희진은 그런 그의 얼굴에서 지나간 아픔을 읽었다.

“선수만 되면 여자들에게 채이지 않을 거라는 생각을 했어요. 선수가 되고 싶었지요. 여자의 등 돌린 뒷모습을 더 이상 보고 싶지 않았거든요. 그렇지만 실습을 하는 동안 많은 여자들을 만났어도 운명의 상대라는 생각은 들지 않았어요. 그러다 희진 씨를 만난 거죠. 마치 운명처럼 말이에요. 그동안 나에게 등을 돌린 모든 여자들은 어쩌면 운명이 희진 씨를 만나게 해주려고 그렇게 한 거라는 생각도 들었죠. 하지만 그래도 제가 그런 기술을 배웠다는 사실은 변하지 않겠죠.”

“그럼… 그 동안 저한테 했던 모든 게 기술에 불과했나요?”

“그랬을지도 몰라요. 아니, 그랬던 것 같아요. 모든 걸 다 털어놓으니까 속 시원하네요. 용서받기는 늦은 걸 알아요. 그래도 괜찮아요. 어차피 전 여자와 헤어지는 데는 익숙한 놈이니까요. 하지만 운명 같은 만남을 기다렸던 제 진심만은 믿어주세요.”

희진은 애써 태연함을 가장하려는 현수를 그윽하게 바라보았다.

“제가 물에 빠졌을 때 수영도 못하면서 무턱대고 뛰어든 것은 기술이

SCENE #10

아니었겠죠? 그런 어설픈 선수가 어디 있어요?"

"그건…"

"그리고 어젯밤 절 왜 지켜 주었죠? 내가 매력이 그렇게 없었나?"

"아니 그건… 실은 참느라고 혼났는데…"

"좋아한다고 말 안할 거예요?"

현수는 깜짝 놀라서 희진을 바라보았다.

"저 사실은 부모님 뜻에 따라서 제가 원하지 않는 약혼을 한 상태예요. 그런데 현수 씨의 얘기 들으면서 깨달았어요. 운명은 언젠간 내가 기다려온 상대를 만나게 해준다는 걸."

현수는 자신도 모르게 중얼거렸다.

"스토리텔링 기술…"

자책하듯 고개를 숙이고 주먹으로 자신의 머리를 마구 때렸다.

"현수 씨, 갑자기 왜 그래요?"

"미안해요. 저도 모르게 그만 또 기술을 써버리고 말았네요."

희진은 현수의 이야기를 들으며 운명이 만나게 해준 상대를 놓치지 않을 것이라고 마음을 먹었다. 현수는 자신의 이야기를 있는 그대로 전한 것이 스토리텔링 기술로 통할 줄은 몰랐었다. 그는 스토리텔링 기술의 정수를 이해하지 못하고 있었다. 바로 이 순간 직전까지는.

희진은 미소 지었다.

"그런 게 기술이면 사람의 말 자체가 다 기술이게요? 저 심리학 전공이에요. 뭐 이젠 아무래도 상관없어요. 현수 씨 안의 마음을 이미 알았으니까. 근데 그쪽은 나를 진심으로 좋아한다는 걸 어떻게 느꼈어요?

"그 날, 술집에서 심장이 뛰었어요."

"심장이요? 왜요?"

장난기가 발동한 그녀는 짓궂게 캐물었다. 현수는 얼굴을 붉히며 대답을 하지 못했다. 그는 분명 희진에게 사랑을 느꼈기 때문에 가슴이 뛴 것이라고 믿었다.

그 날 가슴이 뛴 것이 찰리가 술에 탄 흥분제 때문인지 정말 사랑 때문인지는 모른다. 구름다리 위에 서 있는 남녀는 서로에게 사랑을 느낄 확률이 높다고 한다. 구름다리에서의 아찔한 기분을 사랑이라고 착각하기 때문이란다. 사랑이라는 건 언제나 정의 짓기 위한 단어일 뿐이라는 것이 김선생의 지론이었다. 이성을 만났을 때의 두근거림, 구름다리 위에 선 것 같은 아찔함은 단순한 신체적 반응이지 사랑의 증거는 아니라는 것이다. 세상엔 행복, 존경, 자비 등, 사랑처럼 단어는 존재하지만 그 의미는 애매한 것들이 많다. 그 중에서도 사랑이 가장 애매하다. 이성을 만나서 자신의 신체적, 감정적 상태가 도무지 정의되지 않을 때 마음은 그것을 '사랑'으로 정의할 확률이 높은 것이다. 그렇게 본다면 유혹이란 것은 상대의 마음에 혼란을 주는 것으로부터 시작하는 것인지도 모른다. 어쨌든 현수는 자신의 상태를 사랑이라고 정의 내렸다.

SCENE #10

"정말 여기 내려줘도 괜찮겠어요?"

24시간 영업을 하고 있는 강남의 커피 전문점 앞에서 현수가 조심스럽게 물었다.

"네, 괜히 제 집 앞까지 바래다주다가 경호원 아저씨들이 보기라도 하면 현수 씨가 곤란해져요. 전화했으니 곧 데리러 올 거예요 그 때까지 커피나 마시고 있죠 뭐."

"그래요, 희진 씨. 그러면 저는 이만 여기서 가 볼게요. 오늘 너무 즐거웠어요."

"저도요."

희진이 아쉬운 듯 미소 지으며 현수에게 악수를 청했다. 현수는 손을 내밀지 않고 가볍게 그녀를 끌어안았다. 누가 봐도 친구 사이의 가벼운 포옹이었다. 그러나 그 모습을 지켜보고 있던 기태에게는 그렇게 보이지 않았다. 분명 불손한 의도가 있는 포옹으로 보였다.

기태는 조금 전 강남의 라이브 바에서 공연을 마치고 나오고 중이었다. 기타를 메고 버스를 기다리던 기태의 눈에 한 여자가 눈에 들어왔다. 상당한 미인이었다. 그녀는 커피전문점 앞에서 남자와 이야기를 나누고 있었다.

"어떤 놈인지 능력도 좋네. 누구는 친구한테 애인 뺏기고 같이 살던 여자는 도망갔는데…"

중얼거리며 남자에게로 시선을 옮기는 순간, 기태는 놀라고 말았다.

현수였다. 곧 희진과 포옹까지 하는 현수의 모습이 도저히 믿겨지지 않았다. 잘못 본 거라고 믿고 싶었지만 분명히 현수였다.

기태는 집에 돌아와서 컴퓨터 앞에 앉았다.

"분명히 어디선가 본 여잔데….."

인터넷 검색을 하며 중얼거렸다. 몇 개의 기사들을 거쳐서 '한성호텔'이라는 연관검색어를 누르는 순간 희진의 얼굴이 떴다. 희진과 관련된 기사들을 검색하자

'한성호텔의 상속녀 신희진, 대원유통의 외아들 장성일과 전격 결혼 발표!'

라는 기사가 떴다. 담배를 집어 드는 기태의 손이 부르르 떨렸다.

"뭐야? 이런 여자한테 작업을 하고 있었던 거야? 그 못난이 녀석이 대체 어떻게 이렇게 변한 거야?"

그는 현수가 소연이를 좋아한다는 걸 예전부터 알고 있었다. 배달을 왔다가 자기와 소연이가 동거를 한다는 사실을 우연히 알게 됐을 때도 아무 말 못하는 현수를 보면서 그를 비웃었었다. 남자라면 좋아하는 여자를 사로잡을 수 있는 능력이 있어야 한다고 믿었기 때문이다. 기태는 한 번도 자기가 관심이 있는 여자를 놓쳐본 적이 없었다. 그런데 얼마 전부터 갑자기 상황이 달라졌다. 현수가 바에 나타나서 민혜를 빼앗아 가고, 소연이를 부추겨서 떠나가게 하더니 이번엔 호텔 상속녀에게 작

업을 걸고 있는 것이다.

"분명히 뭔가가 있지 않고서야…"

기태는 현수의 불 꺼진 자취방을 찾았다.

"현수야, 집에 없니?"

시간이 지나도 집 안에서 인기척이 없자 자물쇠를 따고 문을 열었다. 훔쳐갈 것도 없는 자취방이다 보니 자물쇠는 의외로 쉽게 풀려나갔다. 녹이 잔뜩 슨 낡은 자물쇠는 단지 '사람이 없으니 들어오지 마시오.'라고 표시하기 위한 용도인 것처럼 느껴졌다.

집으로 들어온 기태는 소형 랜턴을 켜고 집안을 살폈다. 딱히 무언가를 찾으러 온 것은 아니지만 기태에게는 어떤 절실함 같은 것이 있었다. 현수가 변하는 계기가 된 그 무엇이라도 찾는다면 마음이 편해질 것 같았다. 방에 있는 거라고는 낡은 철제 책상과 세 칸짜리 작은 합판 책장 하나가 전부였다.

담배 한대를 피워 무는 기태의 눈에 책장에 꽂혀있는 책들 중 유독 앞으로 튀어나와 있는 책 한권이 눈에 띄었다. 그는 길게 담배 연기를 내뿜으며 조심스럽게 그 책을 뽑아들었다. 어색하게 씌워져있는 책 껍데기를 벗기니 그 속에서 노트가 한권 드러났다. 노트의 표면에는 현수의 글씨로 〈유혹의 기술〉이라는 제목이 써 있다. 펼쳐보니 현수가 최근에 적은 작업일지들이 드러났다.

1. 예스 세트 : 계속되는 '예스'라는 대답 유도로 방향성을 만든 후 원하는 질문을
   한다.
   반대로 계속해서 '노' 만을 유도하는 '노 세트'도 응용할 수 있을 것 같다.
   예> YES SET
       -XX 씨가 다니는 회사는 매주 토요일마다 쉬지요?
       -네…
       -그렇게 쉬는 날이 굉장히 소중하겠네요?
       -네… 회사가 아닌 저 자신한테 투자할 수 있는 시간이니까요.
       -살다보니 인간관계가 중요하던데 그런 날엔 그쪽에도 투자를 하시겠네
        요?
       -그럼요… 인간관계는 중요하죠.
       -새로운 인연을 만나는 것도 역시 중요할 테지요?
       -네… 만남이란 인간관계의 시작이니까요.
       -새로운 사람을 만나는 것을 부담스러워하는 성격은 아니신가봐요?
       -네… 너무 낯선 사람은 싫지만… 보통은…
       -그럼 이번 주 토요일에 저랑 식사하는 거 어때요?
       -네… 나쁠 것 없죠.

   NO SET
       -공포영화 좋아하세요?
       -아뇨.
       -그럼 극장 가는 걸 좋아하는 편은 아니신가보네요?
       -아뇨. 공포영화만 아니라면 좋아해요.
       (두 번 이상 아니라는 질문이 나오면 노 세트로 공략한다.)
       -어떤 분은 극장에 혼자 가는 걸 좋아하던데 XX씨도 그래요?
       (여자들의 90%는 극장에 혼자 가는 걸 싫어한다.)

－아뇨. 혼자 가는 거 싫어해요. 외로워 보이잖아요.

－그래요? 그래도 내가 가자고 하면 같이 안 가주겠죠?

－아뇨…솔직히 누구라도 별 상관은 없어요. 어차피 영화만 보면 되죠.

2. 더블 바인드 : 두 개의 제안을 하나로 섞어서 하면 거부가 어렵다.

　예▷ －우리 수요일에 공포영화 보는 거 괜찮아?

　　　－수요일에 영화 보는 거 괜찮아? ＋공포영화 보는 거 괜찮아?

3. 스토리텔링 기술을 쓸 때는 자신의 경험을 인용하는 것도 좋지만 영화나 소설을
　인용해도 좋을 듯하다.

　예▷ － 혹시 '진주만'이라는 영화 보셨어요? 그 영화에 보면 친구 두 명을 번갈아
　　　　서 사귀는 여자가 나오잖아요… 저는 솔직히 그런 여자 별루에요…

　　　－ 저는 그런 여자가 아닌데요?

　(단순히 영화얘기를 한 건데 여자는 자신에게 하는 얘기로 받아들였다.)

기태의 눈이 빛났다.

"유혹의 기술? 그래, 바로 이거야!"

그는 급하게 노트를 접어서 품속에 넣고 현수의 집에서 빠져나갔다. 그러는 동안 현수는 희진의 생각에 푹 빠진 채 오토바이를 몰고 목적지도 없이 밤거리를 달리고 있었다.

김선생은 심각한 얼굴로 찰리와 마주 앉아 있었다. 굳어 있는 김선생의 얼굴과는 대조적으로 찰리는 여전히 건들거리는 표정이었다.

"그게 다 돼지발정제 때문이라니까요."

"그럼 그걸 걔들한테 먹였단 말이냐? 이게, 이게 무슨 양아치 새끼도 아니고."

"말이 그렇단 거지. FDA 인가 받은 흥분제요. 어쨌든 잘 돌아가고 있는데 쓸데없는 걱정 좀 하지 말아요. 거봐요! 옛날식이 최고라니까."

찰리는 두 사람이 호텔까지 가도록 만든 것은 막걸리 속에 흥분제를 넣었기 때문이라고 떠벌리고 있는 중이었다. 무엇 때문이었든 희진과 현수가 급작스럽게 가까워지고 사랑에 빠지게 된 이 상황이 김선생은 마냥 우려스럽기만 했다.

"이렇게 될 거였다면 왜 나한테 기술을 가르치라고 한 건데?"

김선생이 매우 못 마땅한 표정으로 물었다.

"선배한테 기술을 안 배운 아이였다면 여기까지 못 왔죠. 저는 단지 준비된 밥상 위에 숟가락 하나만 슬쩍 놔준 거고 밥상을 차린 건 선배요, 그 밥상을 먹은 건 현수다 이 말입니다."

"여기까지 오다니?"

"오늘 걔들 둘이 여행을 간대요. 밀월여행! 현수 녀석, 완전 굳히기를 들어가겠다는 속셈이겠지요."

찰리의 말을 듣던 김선생이 미간을 찌푸렸다.

"현수 걔가 자기 입으로 그랬대? 굳히기라고?"

"아휴… 저도 이쪽 생활이 몇 년인데 척 보면 알지요."

찰리는 뭐가 그리 좋은지 연신 흘러나오는 웃음을 멈추지 못했다. 김선생은 자신의 표정을 보여주지 않으려는 듯 회전의자를 돌려서 창밖으로 향했다.

찰리의 추측과는 달리 이 여행은 희진의 제안으로 가게 된 것이다. 현수는 그녀와 함께 야외로 나가 바람을 쐰다는 사실이 마냥 설레었다. 자동차도 오토바이도 다 버리고 기차 여행에 나서니 기분이 새로웠다. 두 사람은 경춘선 무궁화호를 타고 강촌으로 향했다.

두 칸씩 마련된 자리에 나란히 앉은 두 사람이 갑자기 서로 모르는 사람마냥 내외를 한다. 현수는 난감한 표정으로 통화를 하는 척 했다.

"저, 가장 친한 친구가 10년 사귄 여자친구와 이별을 했다는군요. 저도 뭐라고 말해줘야 할지를 모르겠는데 괜찮으시면 사연 한번 들어봐 주실래요?"

그는 심각한 목소리로 전화를 끊으며 슬쩍 희진에게 말을 건넸다.

"오프너!"

"빙고! 이젠 잘 구분하는데. 앞으로 이런 거엔 절대 넘어가지 말라구."

그제야 두 사람은 서로를 보며 깔깔거린다.

"당연하지. 이젠 내가 모르는 기술은 없을 걸."

"이렇게 여행하니까 좋지?"

"당연하지. 꼭 수학여행 가는 기분이야."

희진은 들뜬 표정으로 마냥 신이 나 있었다. 그녀가 기분 좋아하는 모습을 보며 현수 자신도 그녀만큼 들떠 있음을 깨달았다.

"부모님 걱정 안 하시게 말씀도 잘 드렸어?"

"당연하지."

"너 나 죽도록 사랑하지?"

"당연하지. 어? 이건 뭐야? 내가 또 걸려든 거야?"

대답하다 말고 희진이 눈을 부릅뜨며 현수를 흘겨보았다. 현수는 혀를 살짝 내밀어 '메롱' 하고 그녀를 약 올렸다.

"이건 '예스 세트'라는 거야. 계속해서 당연한 질문으로 예스라는 방향성을 만든 후에 결정적인 질문을 마지막에 하는 거지. 그럼 따져 볼 것도 없이 예스~"

현수가 설명을 해주자 희진은 어처구니없다는 듯 고개를 절레절레 저었다.

"졌다! 와… 정말 선수들은 매사가 이런 식이라니 무섭다."

"그러게. 이 험한 선수들의 세상에서 너 어떻게 살아갈래? 물가에 내놓은 애 마냥. 선수들 조심해."

"뭐야~ 자기도 선수면서. 킥킥. 우리 그러지 말고 순진하게 사귀어 보는 건 어떨까?"

"어떻게?"

"음… 이런 건 어때? 취미가 뭐에요?"

희진이 만난 지 얼마 되지 않는 사람을 대하듯 현수에게 진지하게 물

었다. 현수는 참다못해 웃음을 터뜨렸다. 그녀의 모습이 너무나 천진난
만하고 귀여웠다.

"푸핫, 뭐야 유치해!"

"그러지 말고… 한번 해보자. 응?"

희진이 어리광 섞인 콧소리로 졸라댔다.

"흠… 좋아! 전 옛날 영화 보는 걸 좋아해요."

"어머? 나돈데. 예를 들면 어떤 영화요?"

"러브 스토리!"

"눈싸움 하는 장면?"

두 사람은 상상의 나래를 펼치며 자신이 주인공이 된 듯한 착각으로
상상의 늪에 빠져본다. 그들은 어느 새 눈이 소복이 쌓인 보스톤의 어느
공원에 와 있다. 현수와 희진이 눈밭에서 러브스토리 테마곡에 맞춰 눈
싸움을 하고 있다. 눈밭에 그대로 드러눕는 희진은 죽은 듯 가만히 있고
현수는 달려와서 그녀를 살포시 바라본다.

"올리버, 먼저 가는 날 용서하실 거죠? 정말 미안해요."

"쉿! 쉬잇 제니. 울지 말아요. 사랑은 미안하다고 말 하는 게 아니에
요!"

두 사람은 기차 안에서 얼굴을 마주보며 큰소리로 깔깔 웃다가 사람
들의 눈을 의식하고 웃음소리를 죽여 킬킬거린다.

"난 '누구를 위하여 종은 울리나' 도 좋아하는데."

웃음소리가 시끄러웠는지 앞좌석의 승객이 돌아보자 희진이 목소리를 낮춰서 말했다.

"키스 씬?"

다시 현수와 희진은 어느새 숲이 아름다운 스페인의 산 속 배경 속에 와 있다.

"오, 로버트."

"이리와 봐. 마리아"

현수가 희진을 자신에게로 바짝 끌어당긴다.

"로버트. 저도 키스를 하고 싶지만 키스를 어떻게 하는 건지 잘 몰라요."

"당신은 그냥 가만히 있으면 돼."

"로버트. 그래도 음… 코는 어느 방향으로 가야 하는 거죠? 코가 어느 쪽으로 가는지 알고 싶어요."

"잉? 그런 건 아직 안 배웠는데?"

어느 새 두 사람은 다시 현실로 돌아와 기차에 앉아 있고 희진은 현수의 등을 마구 때렸다.

"에이 뭐야? 선수라며? 그런 기술도 안 배웠어?"

"아까는 선수생활 그만두고 순수하게 살자며?"

그때 곧 기차가 도착한다는 안내가 흘러 나왔다. 현수와 희진은 기차

SCENE #10

에서 내려 하루 종일 강촌 여기저기를 쏘다니며 즐거운 시간을 보냈다.
저녁에는 기차역 근처 카페에서 간단하게 식사를 하고 사람들이 적어놓
고 간 방명록을 읽다보니 밤이 깊은 줄도 몰랐다.

카페를 나와 기차역을 올려다보니 역은 어느새 짙은 어둠에 묻혀 있
었다. 현수와 희진은 몸을 부르르 떨며 대합실로 들어섰다. 대합실 한가
운데 피워놓은 석유난로가 난방의 전부인 듯 했다.

"아! 춥다."

희진이 차갑게 식은 볼을 두 손으로 감쌌다.

"아직 시간 있으니까 이리 와서 불 좀 쫴."

현수가 희진의 차가운 손을 잡으며 난로가로 이끌었다.

"몇 시 차야?"

"몇 시냐면…"

주머니를 뒤적거리던 현수는 당황한 표정을 지었다.

"어? 어쩌지?"

"왜? 티켓 잃어버렸어?"

"응. 아까 여기저기 쏘다닐 때 잃어버렸나봐."

"어머, 너무 작전 같으시다. 이건 기술이라고 부르기엔 좀 촌스러운
데."

"아니야. 진짜라니까. 믿어줘. 작전이면 잃어버린 표가 막차여야지.
아직 막차는 남아 있어."

"오, 정말 선수 맞는데. 도망갈 구석까지 만들어 놓고."

"정말 아니다. 표 산다니까 그러네."

현수는 달려가서 차표를 다시 샀다. 희진은 현수를 지켜보며 미소를 지었다. 당황해 하는 그가 오히려 미덥고 고마운 마음이 들었다. 현수의 진심이 그녀에게 전해진 것일까.

플랫폼으로 기차가 들어오자 현수는 희진을 향해 차표를 들어보였다.

"자, 자, 기차 오네. 저걸 타고 가면 되잖아. 정말 작업 아니었다니까 그러네. 좀 믿어주세요. 아가씨."

현수는 희진의 손을 잡고 기차 쪽으로 잡아끌며 너스레를 떨었다. 그러나 희진은 그 자리에 선 채 움직이려고 하지 않았다. 현수는 놀라며 그녀를 돌아보았다. 그녀는 진지한 표정으로 말했다.

"오빠, 나한테 오늘 같이 완벽한 날은 다시는 없을 거야. 나 이곳에서 이 순간을 조금이라도 더 간직할 수 있게 해줘."

현수는 그녀의 말뜻을 알고 있었다. 그러나 그녀에게는 이미 약혼자가 있다. 이 자리에서 그녀의 부탁을 들어주게 되면 어떤 결과가 빚어질지 역시 잘 알고 있었다.

"희진아, 카사블랑카 마지막 장면 기억나니?"

현수는 심각한 표정으로 물었다. 희진은 말없이 고개를 끄덕였다.

현수와 희진은 카사블랑카의 마지막 장면에서처럼 밤안개 속에 서서 서로를 마주보았다. 공항이 아니라 기차역이었지만 두 사람에게는 그것

SCENE #10

이 어디든 상관없었다. 현수가 험프리 보거트의 말투를 흉내 내서 말했다.

"저 기차를 타지 않는다면 당신은 후회하게 될지 몰라요. 오늘, 내일이 아니고 평생 말이에요."

희진은 고개를 가로저었다.

"후회하지 않을 거예요."

"하지만 나, 희진 씨가 약혼한 걸 알게 되어 버렸잖아요. 세 사람 모두 행복해질 수 없어요. 분명 우리 중 누군가 하나는 불행해질 거예요."

희진은 현수가 분위기를 어색하게 만들지 않기 위해 영화의 한 장면을 연기하며 진심을 말하는 것임을 알고 있었다. 그녀는 그런 현수의 배려에 눈물을 글썽거렸다.

"알아요. 둘 중에서 누군가는 선택해야 하겠죠. 카사블랑카의 일사는 결국 운명의 상대인 릭을 버리고 비행기를 탔지만 분명히 후회했을 거라고 생각해요. 저도 저 기차를 타버리는 순간 후회를 하게 되겠죠. 그런 실수는 하지 않을 거예요."

희진은 현수를 바라보며 단호하게 말했다. 현수는 더 참지 못하고 그녀에게 뜨겁게 키스했다. 두 사람의 모습은 플랫폼으로 들어오고 있는 기차의 불빛 속에서 하나의 실루엣으로 보였다.

조용한 칵테일 바에서 술을 마시고 있던 성일은 기태가 들어서는 것을 알면서도 먼저 아는 체 하지 않았다.

"먼저 오셨네요. 늦어서 죄송합니다."

기태가 성일을 알아보고 인사를 건넸다.

"그쪽이 늦은 게 아니고 제가 한 잔 하려고 좀 일찍 온 거니까 신경 쓰지 마세요. 저한테 꼭 들려줄 말이 있다는 게 뭐죠?"

"이런 말 하기는 좀 그렇기만 댁의 약혼녀 분에게 작업을 하고 있는 남자가 있어요."

"작업이라뇨?"

기태는 성일에게서 알지 못할 위엄 같은 것을 느끼고 자꾸만 주눅이 드는 자신을 의식했다.

"역시 신분에 어울리시게 속어를 모르시는군요. 무슨 얘기냐면 약혼녀 분을 유혹하려는 남자가 있다는 겁니다."

"지금 그런 얘기를 하려고 저를 만나자고 한 겁니까? 혹시 저에게 돈이라도 뜯어내실 생각이라면 그만두는 게 좋을 거예요. 저는 그렇게 호락호락한 사람이 아닙니다."

기태는 하는 수 없이 '유혹의 기술' 노트를 꺼내어 성일에게 건넸다.

"이걸 좀 읽어보세요. 약혼녀 곁에 이렇게 전문적인 방식으로 유혹을 하려는 사람이 있다니까요."

성일은 천천히 노트를 펼치고 내용을 살폈다.

"이젠 믿으시겠어요?"

“그쪽 말이 맞는다고 칩시다. 그럼 그 사람들은 대체 왜 이런 짓을 하는 거죠?”

“그걸 모르시겠어요? 제비들이 하는 짓이 다 그런 식이라 이겁니다. 아마도 약혼녀 분의 재산을 노린 거겠죠.”

“그런데 왜 이런 사실을 저한테 알려주시는 겁니까?”

“저도 그 노트에 있는 방법으로 여자를 빼앗겼으니까요. 다시 저와 같은 피해자가 생기지 않았으면 하는 바람으로 말씀드리는 겁니다.”

“정말 단지 그 이유뿐인가요?”

성일이 물었다. 기태가 대답을 피하며 메모지에 자신의 전화번호를 적어서 탁자 위에 올려놓았다.

“진위여부를 알아보신 후 제게 연락하실 일이 있으면 이 번호로…”

기태가 유혹의 기술 노트를 탁자 위에 놓아둔 채 일어서며 성일에게 가볍게 인사했다. 기태가 자리를 뜬 이후에도 성일은 한동안 바에 남아 술을 마셨다. 생각 끝에 성일은 희진을 만나 터놓고 이야기를 해보리라 결심했다. 언제까지 뒷전에서 그녀의 처분만 기다리는 꼴로 지켜보는 것도 자존심 상하는 일이었다.

희진을 태운 성일의 차는 강변북로를 달렸다. 차 안에서는 어색한 침묵이 이어졌다. 마침 라디오 영화음악 프로그램에서는 ‘메디슨 카운티의 다리’의 줄거리가 소개되고 있었다. 성일이 침묵을 깨고 입을 열었다.

"이런 이야기에 대해서 어떻게 생각해? 이 영화 얘기 말이야. 사흘 동안 사랑하고 삼십 년을 기다렸다니. 가족들 다 속이고 말이지. 두 사람에게는 로맨스일지 모르지만 다른 관점에서 보면 정말 나쁜 인간들이잖아."

"하지만 그게 원하지 않던 결혼 생활이라면 이해할 수도 있잖아. 운명 같은 사랑을 기다리는…"

"운명? 부모, 자식, 남편하고는 운명이 아니면 뭐지? 팔잔가? 그 기술이라는 거… 아무나 다 되는 건 아닌가봐. 난 안 되네."

그가 피식 웃으며 머리를 흔들었다.

"응? 뭐가?"

"이런 걸 스토리텔링 기술이라고 한다는군."

희진은 너무 놀라서 말문이 꽉 막혔다. 무슨 말인가를 하고 싶었지만 성일의 심중을 알 수 없어 이내 다시 입을 다물었다. 심기가 편치를 않다. 무슨 이야기를 하고 싶은 걸까? 잠시 동안 차안에는 다시 적막이 흘렀다. 곧 성일의 볼멘소리가 그녀를 잡념에서 깨웠다.

"내일은 차나 바꿔야겠어. 시트가 너무 더럽네."

"오빠 그건… 오빠가 어떻게 알고 있는지는 모르겠지만 오빠가 생각하는 그런 거 아니야."

희진이 무슨 말을 어떻게 시작해야 할지 몰라 더듬거리는 사이 그녀

SCENE #10

의 학교에 도착했다.

"다 왔으니까 내려. 곧 바로 강의 있다며? 다음에 만나서 얘기하자."

희진은 얼떨결에 차에서 내렸다. 성일은 다정한 인사 한마디 없이 매몰차게 액셀을 밟으며 그녀 앞을 떠났다. 희진은 멀어져 가는 성일의 차를 쓸쓸하게 바라보았다.

'이렇게 서로 마음 상하고 싶지는 않았는데…'

사회과학관 건물 앞에서 기다리던 현수는 멀리 주차장 쪽에서 걸어오는 희진을 발견하고 손을 흔들었다. 희진도 이내 그를 발견하고 다가와 가볍게 안기며 팔짱을 꼈다. 그때 갑자기 어디선가 나타난 성일이 현수의 품에 안기다시피한 희진의 팔을 낚아챘다.

"너 뭐하는 거야? 이젠 아주 내놓고 이래? 자랑이야? 사람이 살면서 실수도 할 수 있는 거니까 한 번은 용서할 수 있다고 생각했어. 그런데 이게 뭐야?"

현수는 갑작스러운 성일의 등장에 놀라 잠시 할 말을 잃었다. 그러나 희진은 달랐다.

"오빠가 생각하는 그런 실수 없었어. 오해하지 말아줘. 자랑은 아니지만 부끄럽지도 않아. 오빠한텐 미안하지만…"

희진은 마치 이 순간을 준비했던 사람처럼 망설임도 없이 당당히 말했다.

"대체 뭐야? 저 사람이 네가 말한 운명이야? 그럼 난, 난 뭐야? 저 사람이 운명이면 난 스치는 인연이야? 희진아, 내가 너한테 뭐 잘못했니?"

"그런 거 없어. 오빤 참 좋은 사람이야. 알아."

현수는 '좋은 사람' 이란 말에 성일의 눈에 스치는 좌절과 슬픔을 보았다. 그가 예전에 느끼던 패배감을 지금은 성일이 느끼고 있으리라.

"이봐, 도대체 무슨 목적으로 이러는 거야? 원하는 게 뭐냐고!"

성일은 현수에게 앙갚음이라도 하려는 듯 소리쳤다.

"원하는 거 없어요."

"우린 다음 주에 결혼할 사이야. 알고 있어? 우린 이십 년을 넘게 알아 왔고 지금은 둘이 약혼한 사이라고. 서로 사랑하는 사이란 말이야."

성일이 희진의 팔을 잡고 거칠게 잡아끌었다. 희진은 현수를 간절한 눈빛으로 바라보고 있었다. 그 순간, 현수는 이 상황이 왠지 모르게 익숙하게 느껴졌다. 이어 김선생의 목소리가 귓전을 울렸다.

"말해. 그녀를 사랑한다고 말하란 말이야. 그녀는 너의 그 말을 기다리는 거야!"

잠시 세 사람 사이엔 정적이 흘렀지만 그것은 곧 깨어지고 말았다.

"저도… 희진이를 사랑합니다. 당신이 사랑하는 것보다 훨씬 더."

현수가 말했다. 그의 무거운 울림 같은 한마디에 성일은 온몸에 힘이 풀렸다. 성일이 잡은 손을 놓아주기가 무섭게 희진은 현수에게 달려와 안겼다. 성일은 두 사람의 모습을 멍하니 바라보다가 넋이 빠진 사람처럼 발걸음을 돌렸다.

SCENE #10

SCENE #11

　김선생의 집에서는 찰리의 통쾌한 웃음소리가 대문 밖으로까지 흘러
나오고 있었다. 마주앉은 두 사람의 표정은 대조적이었다. 찰리는 축배
라도 들자는 표정이고 김선생은 차갑게 경직된 떨떠름한 표정이었다.

　"대단하십니다. 역시 그 선생에 그 제자예요. 이렇게까지 깔끔하게 끝
내다니. 파혼만도 감지덕진데 성일이는 완전히 폐인이 돼버렸대요. 지
금 민여사 집이 발칵 뒤집혔을 겁니다. 선배의 완전한 승리예요 승리!"

　김선생은 의자 깊숙이 몸을 묻은 채 미동조차 없었다.

　"넌 남의 불행이 그렇게 재미있냐?"

　웃음을 멈춘 찰리가 김선생의 반응이 의외라는 표정으로 그의 곁에
다가섰다.

　"네? 그게 무슨 소리예요? 그 집에 복수를 하고 싶어 했던 건 선배 아
닙니까? 지금 와서는 후회가 되나요?"

　"후회 같은 건 하지 않아. 하지만 우리는 아무 죄 없는 한 아이에게 평
생 동안 씻을 수 없는 상처를 안겨줬어. 난 그게 재미있냐고 물었어."

　"아, 예. 그게 다 업보라는 거지요, 업보. 부모들이 저지른 잘못에 대
한 업보란 말입니다."

찰리는 품속에서 봉투 하나를 꺼내어 탁자 위에 놓았다.

"선배가 기분이 좋든 나쁘든 저는 상관 안 합니다. 어쨌든 모두가 원하는 대로 된 거니까. 저는 제 몫을 챙겼고 선배의 몫도 잊지 않았다 이거요. 전 며칠 온천이라도 다녀올까 생각중입니다."

찰리는 세상에서 가장 행복한 표정으로 집을 나섰다. 김선생은 빈 집에 홀로 앉아 찰리가 남기고 간 탁자 위의 봉투를 말없이 바라보았다. 그리고 무슨 생각이 들었는지 갑자기 외투를 집어 들었다.

"파혼하고서는 애가 정상이 아닌 것 같아. 일도 안하고. 어디 여행이라도 보내려 해도 무슨 사고라도 날까봐… 밥도 안 먹고 정신이 나간 사람 같다니까. 내가 아주 가슴이 미어져."

민여사는 승용차를 운전하며 누군가와 통화하고 있었다. 그녀의 눈시울이 붉어졌다. 급기야 현기증까지 느껴지자 전화를 끊고 차를 급하게 도로변으로 댔다. 길가에 정지한 차 안에서 그녀는 핸들 위에 엎드렸다. 그녀에게 눌린 경적이 길게 울렸다. 한참만에야 정신을 가다듬고 고개를 들어보니 얼굴은 온통 눈물범벅이었다. 실내 밀러를 들여다보며 눈물을 닦고 얼굴 화장을 고친 뒤 다시 자동차를 출발시켰다.

멍한 표정으로 운전을 하고 있던 민여사는 큰길을 돌아서 주택가로 접어들다가 헤드라이트 불빛 속으로 뛰어드는 누군가를 발견하고 자동차를 급정거시켰다. 놀란 마음을 진정시키고 조심스럽게 차 앞을 보니

그곳에 김선생이 서 있었다. 차에서 내린 민여사는 자신의 눈을 믿을 수 없다는 표정으로 그를 바라보았다.

"세상에…"

그들은 잠시 할 말을 잃은 채 서로를 바라만 볼 뿐이다.

"어디 가서 이야기 좀 하지."

김선생이 먼저 입을 열었다. 그제야 민여사는 보는 사람이라도 있는지 주위를 살피며 황급히 자동차에 올랐다.

"타세요. 타고 나가요."

민여사는 김선생을 옆 좌석에 태우고 큰 길로 나섰다.

"어디로…"

"막힌 공간보다 트인 공간이 좋을 것 같군."

민여사는 서울 야경이 내려다보이는 남산으로 차를 몰았다. 한적한 곳에 차를 세우고, 두 사람은 누군가가 먼저 말을 꺼내기를 기다리면서 차 안에 앉아 있었다. 침묵이 계속되자 히터 때문에 건조한 차 안이 더욱 답답하게 느껴졌다. 두 사람은 누가 먼저랄 것도 없이 자동차 문을 열고 내렸다.

"얼굴이 많이 상했구만. 아들이 파혼을 당해서 많이 괴로운가?"

"그걸 당신이 어떻게…"

"내가 어떻게 아냐구? 그거야 내가 그렇게 만든 거니까."

"뭐라구요?"

　김선생은 너무도 담담하게 말했지만 민여사는 소스라치게 놀라 소리쳤다.

　"성일이가 파혼당하도록 만든 게 바로 나라고. 당신이 나를 버릴 때 내가 당했던 고통을 당신과 그 장가 녀석의 아들도 한번 당해 보라구."

　"어떻게 그럴 수가…"

　"아들이 고통을 당하면 그 어미는 그 고통의 몇 십 배의 고통을 느끼는 법이지. 어때? 이제야 내가 당신에게 버림받았을 때의 고통을 알겠나?"

　"당신… 이런 사람 아니었잖아요. 그걸 알려주려고 날 찾아왔나요?"

　"그런 셈이지. 왜 그런 고통을 당하는지 모르고 당해서야 쓰나? 알고 당해야 그 고통의 참맛을 알 수 있지 않겠어?"

　"정말 너무 하네요."

　"너무하다고? 당신이 한 짓을 잊은 건 아니겠지. 내 인생을 송두리째 바꿔 놓은 여자가 당신이라는 것도 잊지 않았으면 해. 난 할 말 다 했으니 가리다."

　김선생은 터벅터벅 비탈길을 걸어 내려갔다. 민여사는 더 할 말이 남은 듯 그를 붙들려 했지만 결국 그러지 못했다.

　현수와 희진은 카페에 나란히 앉아 있었다. 희진은 셀카를 찍기 위해 디지털 카메라를 들고 팔을 뻗었다.

SCENE #11

"오빠, 여기 봐봐."

현수는 희진과 볼을 맞대고 셀카를 찍는 것이 좋았다. 그는 사진을 더 찍으라고 강요하듯 계속해서 포즈를 바꾸며 익살을 떨었다. 희진은 몇 장의 셀카를 연속해서 찍고는 사진을 확인하며 현수의 익살이 귀엽다는 듯 환하게 웃었다.

"음, 뉘 집 자식인지 그놈 참 잘 생겼네. 눈이면 눈. 코면 코."

현수가 다시 한 번 익살을 떨었다.

"그러게. 우리 오빠 은근히 사진빨 좀 받으셔. 우리 다음엔 사진 찍으러 한번 가자. 덕수궁 같은데. 어때? 난 고궁이 좋던데."

"취향 참 올드 하시기는. 덕수궁이 뭐냐?"

희진과 얼굴을 모으고 디카의 사진들을 보던 현수가 무심코 다른 사진들로 넘겼다. 성일과 다정하게 찍은 사진들이 보이기 시작하자 희진이 당황했다.

"오빠, 미안해. 아직 옛날 사진들을 다 정리 못했네. 빨리 했어야 했는데…"

"괜찮아. 너한테 그 동안 너무 많은 변화들이 있었으니까… 정리하고 말고 할 시간이나 있었냐? 다 아는 사실인데 새삼스럽게 뭘… 어? 이분은 누구야?"

사진들을 넘기다가 곱다란 중년의 여자 사진에서 시선을 멈추었다.

"성일 오빠 어머님이에요. 저를 많이 아껴주셨는데… 그래서 그분한테 제일 미안해요. 시어머니 될 분이라기보다 친정엄마 같은 분이었는데…”

희진은 괴로워하고 있을 민여사를 떠올리며 얼굴빛이 어두워졌다. 현수는 그런 희진을 말없이 따뜻하게 끌어안아 주었다. 그는 이제부터는 기술 따위가 아닌 진정한 사랑으로 그녀를 감싸주어야겠다는 결심을 굳힌다. 그것이 그녀가 빨리 아픈 과거를 잊는 길이라 믿으면서.

며칠 후, 현수는 김선생의 집을 찾았다. 더 이상 기술을 배우지 않겠다고 말하기 위해서였다.

“그러니까 네 말은, 이제 네 목적을 이뤘으니까 수업을 받지 않겠다고?”

김선생은 와인 잔을 돌리며 의외로 담담하게 말했다.

“네. 저를 진심으로 사랑해 주는 여자를 만났어요. 더 이상은 기술 같은 거 배우고 싶지 않아요.”

“디피션시 조성 기법이란 게 있어. 모든 인간이 만족을 느끼는 공식은 바로 결핍과 충족이야. 모든 게 풍요로워서 결핍이 없는 사람은 상대적으로 만족을 느낄 가능성도 적어. 그런 사람한테는 인위적으로 결핍감을 조성해줄 필요가 있지.”

“그래서요?”

“예를 들어서 에니어그램이란 이론에 따르면 인간은 목적지향적인 머

리형, 관계지향적인 가슴형, 행동지향적인 장형, 이렇게 세 분류로 나눌 수 있단 말이야. 관찰을 통해 상대의 유형이 파악되면 그 유형과 다른 유형의 행동을 하면 상대는 불일치에서 오는 결핍감을 느끼게 돼. 하지만 가끔은 다른 유형에게서 자신의 부족한 점을 충족시키기도 하지. 항상 모든 일에는 이렇게 양면이 존재한다는 것이 인생이 재미있는 점이란 말이야."

"그 말은 제가 희진이의 결핍된 부분을 충족시켜 주어서 사랑이라고 느끼는 거다, 이런 말씀인건가요?"

"그렇지."

두 사람 사이에 잠시 차가운 정적이 흘렀다.

"안 그러면 그 여자가 널 왜 사랑하겠니? 뭐가 부족해서 중국집 배달부를 사랑하느냐 말이야. 기술도 한 번 제대로 구사를 못했는데…"

김선생이 정적을 깨며 낮은 목소리로 말했다.

"지금 이런 상황에서도 꼭 그런 식으로 말씀을 하셔야겠어요? 사랑은 가슴으로 하는 거지 머리로 하는 게 아니에요."

"그래. 넌 가슴 형이지. 난 머리형이고. 넌 너의 결핍을 나에게서 충족하고 있었단 걸 모르겠니?"

"세상에 대부분의 사람들은 그런 기술을 모르고도 서로 사랑하면서 행복하게 잘 살아요. 그런 궤변은 이제 그만하세요. 전 앞으로 희진이의 부족한 부분을 채워주면서 행복하게 살 자신이 있어요."

"왜 여자들이 나쁜 남자를 포기 못 하는 줄 알아? 나쁜 남자는 결핍을 주기 때문이야. 그 결핍이 조금이라도 충족되었을 때 여자들은 이 세상에서 자신이 제일 행복한 듯한 만족감을 느끼게 되지. 항상 풍요롭게만 해주면 더 이상의 만족감 따윈 생기지 않기 때문에 여자는 곧 떠나."

"아니에요. 선생님이 틀리셨어요. 분명 사랑은 존재해요."

"너는 지금 착각을 하고 있는 거야. 내가 얘기했을 텐데. 사랑이란 이기적인 여자들이 만들어낸 허상일 뿐이라고. 잠깐, 너 지금 나를 가르치려 드는 거냐?"

"어쨌든 선생님 덕분에 운명의 여자를 만났으니 진심으로 감사하는 마음에서 드리는 충고예요. 기술은 그냥 기술일 뿐이에요."

현수는 이것이 김선생과 자신이 스승과 제자로서의 마지막 만남이라는 것을 직감했다. 김선생에게 깊이 고개 숙여서 인사한 뒤 돌아섰다. 그 동안 그와 쌓은 추억들이 발목을 잡았지만 단호하게 뿌리치며 발걸음을 옮겼다. 김선생은 현수를 향해 소리쳤다.

"네가 감히 내 기술을 무시해? 너, 거기 안 서!"

현수는 끝까지 돌아보지 않고 현관을 향해 발을 내딛었다.

"네가 이대로 그 문을 넘어선다면 그 순간부터 나는 너에게 어떤 카운슬링도 하지 않을 거야. 이제는 더 이상 스승과 제자가 아닌 남이라는 얘기다!"

김선생이 다급해진 목소리로 말했다.

“저는 가슴형 인간이라면서요? 기술 없이 심장만으로도 사랑할 수 있다는 걸 보여 드릴게요.”

현수는 그렇게 돌아보지도 않고 마지막 말을 남긴 채 결국 현관을 넘어서고 말았다. 김신생은 한숨을 쉬며 양손으로 자신의 머리를 감싸 쥐었다. 자신을 끝내 뿌리치고 나가는 현수에 대한 배신감보다 자기 자신에 대한 혐오감이 더욱 그를 못 견디게 했다. 나는 언제나 곁에 있는 사람들을 떠나가게 하는 존재구나. 이런 생각에 미치자 여태 느끼지 못했던 외로움이 엄습해 오며 묘한 상실감에 빠져 들었다.

어느 조용한 커피숍의 구석자리에서 성일과 기태가 마주앉았다.

기태는 헬쑥해진 얼굴에 면도도 하지 않은 성일을 보며 모든 상황을 짐작할 수 있었다.

“파혼을 당하셨다는 얘기는 신문에서 읽었습니다. 저랑 같이 고소하시죠. 그 자식은 업으로 여자들을 상대하는 거예요. 전문 제비라고요.”

성일은 기태의 말에 별 흥미를 느끼지 않는 얼굴이다.

“고소한다고 달라질 게 있나요? 이미 끝난 일인데요.”

“그러면 왜 저에게 전화를 하신 거죠?”

기태가 의아해 하자 성일이 봉투에서 사진들을 꺼내어 테이블 위에 뿌리듯 올려놓았다. 현수와 희진이 만나는 장면들을 찍어놓은 것들이었다.

"이 사진들, 그쪽이 보낸 건가요? 만약 그런 거라면 이제 이런 짓은 하지 말아줬으면 하고 뵙자고 했습니다. 저는 모든 걸 이대로 묻어두고 싶어요."

"제가 보낸 사진들이 아닙니다."

기태가 당황하며 대답했다.

"봉투에 발신자가 적혀 있을 거 아닙니까?"

성일은 고개를 가로저으며 기태에게 발신자가 적혀 있지 않은 봉투를 들어서 보여주었다.

"저는 절대 아니에요!"

억울해 하며 대답하는 기태의 표정으로 볼 때 거짓말은 아닌 것 같았다. 성일이 자문하듯 물었다.

"그러면 누가 이런 사진들을 보냈단 말이죠?"

그 즈음 희진도 성일이 받은 것과 비슷한 봉투를 하나 받았다. 역시 발신자가 적혀있지 않은 봉투엔 사진들뿐이 아니라 편지까지 동봉되어 있었다. 희진이 앉아 있는 카페로 현수가 들어왔다. 환하게 밝은 얼굴로.

"도대체 무슨 일이야? 이렇게 급하게 만나자니. 내가 그렇게 보고 싶었어?"

현수는 웃음 가득한 표정으로 넉살을 떨어보지만 희진의 표정이 심상치가 않다. 희진이 그에게 봉투 속의 편지를 꺼내어 내밀었다. 현수는

뭔가 안 좋은 일임을 직감하며 조심스럽게 편지를 읽었다. 그 동안 현수가 기술을 익혀야 했던 진짜 목적, 희진에게의 의도적인 접근, 그래서 이루어진 파혼 등의 내용이 담겨있는 편지였다. 현수의 표정이 굳어졌다.

"오빠, 이게 모두 사실이야?"

희진이 차가운 표정으로 물었다.

"이건… 분명히 김선생님의 글씨체인데…"

"사실이냐고 묻고 있잖아!"

"희진아, 나는 전혀 모르는 얘기야. 이건 말도 안 돼!"

현수가 강력하게 부인하자 희진이 이번엔 봉투 속의 사진을 꺼내놓았다. 역시 현수와 희진이 데이트를 하고 있는 사진들이었다.

"그러면 대체 이 사진들은 뭐고, 누가 찍은 건데?"

사진을 보며 현수는 어안이 벙벙했다. 그도 전혀 알지 못하는 사실에 직면한 것이다. 사진을 움켜쥔 현수는 희진을 바라보다가 커피숍을 뛰쳐나가고 말았다. 희진에게 변명을 하는 것보다 진상을 확인하는 것이 더 급하다고 생각했기 때문이다.

집안 곳곳이 어둠에 싸였어도 김선생은 불조차 켜지 않고 소파에 앉아 있었다. 초인종이 울렸다. 그는 한참만에야 현관문으로 걸어가며 불을 켰다. 열린 현관문 앞엔 민여사가 서 있었다. 김선생은 만사가 다 귀찮은 듯 문을 열어놓은 채로 거실로 돌아왔다. 민여사는 차분한 걸음으로 김선생을 따라 거실로 들어섰다. 펼쳐진 신문, 담요, 슬리퍼 등으로 어질러진 거실이 눈에 들어왔다. 김선생도 앉기를 권유하지 않았지만 민여사도 앉을 의향이 없는 듯했다. 그녀는 선 채로 애원하듯 입을 열었다.

"부탁할게요. 당신이 원망하는 건 바로 저잖아요. 나한테 죗값을 받으라고 하면 기꺼이 몇 백 번이고 받겠어요. 그러니까 아무 죄 없는 성일이에게는 제발 상처를 주지 말아 줘요."

민여사의 두 손이 간절하게 모아졌다. 열려 있는 현관을 통해 김선생의 집으로 들어서던 현수가 거실 문틈으로 두 사람의 모습을 발견하고 걸음을 멈췄다. 민여사의 얼굴을 보는 순간 희진의 디카 속에 있던 단아한 모습의 중년 여인 사진이 떠올랐다. 워낙 곱다란 여인의 인상이 깊게 박혔던 터라 금방 그녀를 알아 볼 수 있었다. 희진에게 친정엄마 같이 대해 주었다던 성일의 어머니가 분명했다.

'성일 어머니와 김선생? 그러면 편지에 있는 내용이 모두 사실이란 말인가?'

현수는 두 사람의 대화를 방해하지 않기 위해 그 자리에 멈추어 숨을 죽였다.

"당신도 알잖아. 이제 내가 무엇을 한다 하더라도 모든 일을 되돌리기에는 이미 늦었다는 걸 말이야. 지금 내가 할 수 있는 건 아무 것도 없으

SCENE #11

니까 그만 돌아가."

"당신 정말 냉혈한처럼 변했군요. 나 솔직히 그 동안 당신에게 큰 죄
책감을 가지고 살았어요. 하지만 오늘부터는 아니에요. 이제부터는 당
신이 내 아들에게 죄책감을 안고 살게 될 거예요."

"걱정 마. 네 말대로 난 죄책감 따위는 느끼지 않는 냉혈한이니까."

"과연 그럴까요? 두고두고 오늘 당신이 한 말을 기억하세요."

민여사는 의미심장한 표정을 지으며 몸을 돌려서 복도로 걸어 나왔
다. 현수와 마주쳤지만 상관 않고 현관문을 나섰다. 현수는 흥분해서 거
실로 달려 들어갔다. 김선생을 보자마자 희진이 받았던 봉투를 들이밀
었다.

"선생님, 이거 모두 사실이에요?"

"나한테 선생이라고 부르지 마. 나 이젠 네 선생 아니니까."

김선생은 갑자기 분주하게 거실을 정리하며 현수에게 의도적으로 시
선조차 주지 않았다.

"사실이군요. 지금 나가신 저분도 그것 때문에 오셨겠지요. 대체 왜
저를 이용하신 거예요?"

"이용이라니? 도와준 거지. 물에 빠진 놈 건져냈더니 보따리 내 놓으
라는 거냐?"

"제가 선생님의 복수를 위해서 의도적으로 희진일 유혹했다니… 어떻
게 이런 말도 안 되는 계획을 짜신 거냐고요?"

"말도 안 된다고? 이것들은 이 일 준비하면서 찰리가 찍어온 사진들이야."

그는 현수가 들고 있는 봉투를 빼앗아서 사진들을 쏟으며 말했다. 책상 밑에서 박스 하나를 꺼내어 벽에 집에 던지자 수백 장의 사진이 바닥에 흩어졌다.

"더 보여줘? 얼마든지 있으니까 말만 해!"

현수는 바닥에 무릎을 꿇고 앉아서 사진들을 하나씩 살펴보았다. 그의 손은 두려움에 떨렸다. 성일과 희진이 함께 찍은 사진, 민여사와 희진이 함께 찍은 사진 등 그 동안의 정황을 한눈에 알아볼 수 있는 사진들이었다.

"이 모든 것이 철저하게 다 계획된 거였군요. 여태 저를 훈련시킨 것도, 우연을 가장해서 희진이를 유혹하게 한 것도 다 선생님의 목적을 위해서였어요?"

김선생은 피곤하다는 듯 고개를 돌리며 현수의 시선을 애써 외면했다.

"그래. 네가 말한 그대로야. 그러니까 이제 알았으면 그만 내 집에서 나가줘."

"그런데 대체 왜 이 사진들을 희진이에게 보낸 거예요?"

현수가 원망하듯 물었다.

"당사자들은 알 권리가 있지. 그게 정당한 게임의 법칙이 아니겠어?

SCENE #11

나는 내 목적을 이뤘으니 그 정도 통보하는 건 예의야. 자, 내 집에서 나가라니까!"

김선생은 손을 들어 현수를 밀어냈다. 현수는 거칠게 그의 손을 뿌리치며 처절하게 소리쳤다.

"당신은 목적을 이뤘을지 모르지만 나는 사랑하는 여자에게 몹쓸 짓을 해버렸어. 이제 나는 어떻게 해? 이제부터 희진이를 어떻게 봐야 하는 거냐구. 내 꼴을 봐. 내가 지금 제비랑 다른 게 뭐야! 당신 때문에 내 인생은 망가졌어!"

현수의 눈에서는 눈물이 흘렀다.

"이게 지금 누구 앞에서 막말이야! 쿨한 게 대세인 시대에 쿨하게 사는 게 뭐가 나빠. 쿨하다는 게 뭔지 알아? 애정이 없으면 이별도 쿨하게 할 수 있는 거야. 진심어린 사랑을 하는 순간부터 구질구질해지는 거라고. 젊은 놈이 쿨하게 사는 법도 모르면서."

"그래. 난 구질구질하더라도 내가 선택한 길을 갈 거야. 그러니까 더 이상 말도 안 되는 얘기 하지 마. 유혹의 달인? 당신은 단지 여자들을 혐오하는 여성혐오주의자일 뿐이야! 난 그 여성혐오주의자 손아귀에서 놀아난 못난이일 뿐이고!"

김선생은 둔기로 머리를 얻어맞은 듯 멍해졌다. 현수는 김선생을 뒤로 하고 달아나듯 집에서 뛰쳐나왔다. 그는 정신없이 어딘가로 달렸다. 발길이 닿은 곳은 자주 가는 칵테일 바였다. 바에 혼자 앉아서 독한 술

을 마구 들이켜 댔다. 현수의 옆에서는 허벅다리가 거의 다 드러난, 아
찔한 원피스 차림의 여자가 윙크를 보내왔다. 승연이라고 소개하는 여
자는 현수 쪽으로 가까이 다가와 앉았다.

SCENE #11

SCENE #12

　호텔방 바닥에 흩어진 여자의 스타킹과 속옷들이 조금 전의 상황을 말해주는 듯 했다. 현수는 흐트러진 침대 위에 알몸으로 누워 있었다. 조금 전 바에서 과하게 마신 술 때문에 두통이 엄습해왔다. 그는 미간을 찌푸리며 머리를 부여잡았다. 화장대 앞에 반라의 몸으로 앉아서 태연하게 나갈 채비를 하고 있는 승연이 그의 눈에 잡혔다. 현수도 무거운 몸으로 셔츠를 주워 입으며 방에서 나갈 준비를 했다. 현수가 화장을 거의 다 마쳐가는 여자를 향해 무겁게 입을 열었다.

　"솔직히 말하면 나 선수예요. 내가 배운 유혹의 기술로 당신을 유혹한 거라구. 단지 침대로 끌어들이기 위해서."

　원피스 지퍼를 채우고 난 승연은 가소롭다는 듯 웃으며 담배 한대를 피워 물었다.

　"호! 네가 선수면 난 뭐 매니저쯤 되는 건가?"

　"화나지 않아요? 내 유혹에 넘어가서 여기까지 온 것이."

　"후후. 네가 넘어 온 건 아니고? 자기는 선수라면서 여자에 대해서 아직도 잘 모르네. 여자라면 어느 누구나 유혹을 받고 싶어 해. 그 어떤 상황에서도 남자들의 유혹을 기다리는 존재지. 특히 자기처럼 반항적인 나쁜 남자의 유혹을 말이야."

"내가 나쁜 남자라고?"

"그래, 나쁜 남자. 나같이 뜨거운 여자들을 아주 몸살 나게 만드는 나쁜 남자 말이야. 오늘 자기의 유혹은 한마디로 아주 끝내줬어."

"아쉽지만 난 오늘로 그 유혹을 접으려고 하는데?"

"아마 그럴 수 없을 걸? 자기처럼 이미 유혹하는 기술이 몸에 배어버린 남자는 자기가 유혹하지 않으려고 해도 여자들이 그냥두지 않을 거야. 여자들이 유혹을 기다린다고 그냥 가만히 손 놓고 있다는 의미는 아니야. 남자에게 '나 좀 꼬셔볼래?' 라는 신호를 보내는 걸로 오히려 남자들을 먼저 유혹하고 있는 셈이니까."

현수는 정신이 멍해지는 듯 했다. 유혹을 멈추지 못할 거라니. 여자는 핸드백을 들고 일어서서 여유작작하게 문으로 걸어가다가 아쉬운 듯 현수를 한번 돌아보았다.

"그런 자기의 운명, 그냥 받아들여. 그건 어차피 유혹을 기다리는 여자들에게는 축복이야. 계산은 내가 했어. 아직 초저녁이니까 더 쉬다가."

여자가 문을 열고 호텔방을 나갔다. 방에 덩그러니 혼자 남겨진 현수가 그제야 고개를 푹 떨어뜨렸다. 자괴감을 견딜 수가 없는 듯 머리칼을 쥐어뜯으며 신음했다.

"젠장… 내가 지금 무슨 짓을 하고 있는 거야?"

SCENE #12

그는 호텔 방을 나와 다시 길거리 포장마차로 들어섰다. 한차례 술에 취했다 깬 탓인지 어지간히 마셔도 취기가 느껴지지 않았다. 어떻게든 술에 취해보려고 연거푸 소주를 입에 털어 넣었다. 희진과 왔던 그 포장마차라는 생각에 미치자 그녀가 그리워 견딜 수가 없었다. 망설이다가 휴대폰 버튼을 눌렀다. 신호가 가고 곧 희진의 목소리로 된 안내 멘트가 흘러 나왔다.

"안녕하세요. 신희진입니다. 지금은 전화를 받을 수 없으니 메시지를 남겨주세요."

전화기를 대충 주머니에 구겨 넣는데 맞은 편 테이블에서 젊은 연인이 나누는 얘기가 들려왔다.

"오늘 자기 너무 예쁘다. 도대체 얼굴에 뭘 바른 거야?"

남자는 아부에 가까운 멘트를 날렸다. '미친 놈!' 현수는 중얼거렸다. 여자는 마냥 좋다는 듯 환하게 웃었다.

"정말? 빨리 나오느라고 그냥 로션만 발랐는데 좀 푸석해 보이지 않아?"

"아니. 푸석하다니 무슨… 예쁘기만 한 게 아니라 오늘은 너답지 않게 섹시하기까지 한데? 쌩얼이 원래 이렇게 섹시한 건가?"

남자의 능청에 여자는 까르르 기분 좋은 웃음소리로 응답했다. 기회는 이때다 싶은지 남자가 속삭였다.

"네 안의 여러 모습 중에서 오늘은 섹시한 네가 나왔나 봐. 빨리 다른 네가 나오지 않으면 나 오늘 너 집에 못 보낼 것 같은데 어떻게 하나.”

남자는 음흉한 미소를 흘리며 여자에게로 다가앉았다. 여자도 싫지 않은 듯 배시시 미소 지었다. 대화를 듣고 있던 현수가 비로소 취기를 느끼는 듯 게슴츠레한 눈으로 두 사람을 쳐다보았다.

“아가씨, 이건 전문용어로 아이디세퍼라는 기술이야. 쉽게 말하자면 이 남자가 오늘 아가씨를 잡아먹기 위해 작업을 걸고 있다는 거지. 그러니까 복잡하게 생각 말고 오늘 아가씨 아랫도리가 허전하면 남자를 따라가겠다고 해.”

그의 혀는 이미 꼬여 있었지만 말뜻은 분명하게 전달되었다. 표정이 험악해진 남자가 급기야 현수에게로 다가와 멱살을 붙잡았다.

“이거 미친 놈 아니야? 뭐 이런 자식이 다 있어?”

“이 자식아, 내가 네 작업 도와줬으면 고맙다고 하지는 못할망정 왜 시비야?”

채 말이 끝나기도 전에 남자는 현수를 향해 주먹이 날렸다. 현수는 바닥으로 넘어지고 구르며 몸을 전혀 가누지 못했다. 남자는 그래도 분이 안 풀리는지 그를 마구 짓밟았다. 현수는 매를 기다리기라도 했던 사람처럼 아무 저항 없이 남자에게 몸을 내맡겼다. 그의 입가에는 웃음기마저 감돌았다. 사람들이 말리고 여자가 남자의 팔을 잡아당기며 매달리자 매질도 끝이 났다. 남자는 주인에게 돈을 내던지다시피 계산을 끝내고 ‘에이, 재수 없어.’ 하며 포장마차를 나갔다.

SCENE #12

"손님, 괜찮아요? 괜히 남의 일에 참견을 하셔가지고 그 꼴이 뭡니까 그래."

포장마차 주인이 휴지를 둘둘 말아 현수의 손에 쥐어주었다.

"괜찮아요. 죽지 않을 만큼만 맞았어요. 죄송합니다."

현수도 간신히 계산을 치르고 비틀비틀 포장마차를 나섰다. 저녁부터 하늘이 구질구질하더니 결국 비를 쏟아내기 시작했다. 다리를 절며 걸어가고 있는 현수의 얼굴은 흐르는 피와 빗물로 엉망이었다. 피 묻은 손으로 주머니에서 힘겹게 휴대폰을 꺼내 보지만 완전히 박살이 나 있었다. 현수는 망가진 휴대폰을 버리고 눈앞에 보이는 공중전화 박스로 힘겹게 걸어갔다. 점점 굳어가는 손으로 전화기에 겨우 동전을 집어넣었다.

"안녕하세요. 신희진입니다. 지금은 전화를 받을 수 없으니 메시지를 남겨주세요."

삑- 하는 톤이 떨어지자 현수는 기침을 하며 녹음을 시작했다.

"희진아, 오빠야. 못난 놈이 결국 너한테 용서받을 수 없는 잘못을 저지르고 말았구나. 내가 원했던 건 이게 아닌데, 정말 이게 아닌데…"

현수는 결국 울음을 터트렸다. 그의 울음은 점차 통곡이 되어갔다. 빗소리가 그의 울음소리를 더욱 처량하게 들리게 했다.

"내가 용서받을 수 없는 짓을 했단 거 알아. 하지만… 하지만 네가 나한테 말했던 대로 나의 진심만을 믿는 거라면 제발 한 번만 더 생각해

줄래? 난 그런 계획을 정말 추호도 몰랐어. 내 마음을 꺼내서 보여줄 수 있었으면 좋겠다."

점점 기운이 빠지는 듯 현수는 공중전화 박스 바닥으로 스르륵 주저앉았다. 마지막 힘을 다해 하던 말을 계속했다.

"한 번만 더 나를 용서할 수 있다면 내일 오후 한시에 덕수궁으로 나와 줄래? 우리 같이 사진 찍기로 했잖아. 만약 그 시간에 네가 그 곳에 없다면 나는 당연한 죗값으로 알고 다신 영원히 네 앞에 나타나지 않을게…"

동전이 다 된 듯 길게 톤이 이어졌다. 현수는 전화기를 힘없이 떨어뜨리고 크게 통곡하다가 결국 공중전화 박스에서 정신을 잃고 말았다.

민여사가 김선생의 집에 다시 찾아와 있었다. 창 밖에는 빗소리가 지루하게 이어졌다.

"다시 볼 일 없을 줄 알았는데… 사과하러 온 눈빛은 아니군. 아무리 사정해도 이젠 돌이킬 수 없다고 말했을 텐데…"

탁자를 사이에 두고 그녀와 마주앉은 김선생이 차갑게 말했다.

"이번엔 돌이키겠다고 찾아온 거 아니에요. 나 고민 많이 했어요. 평생 저만 알고 있어야 되는 거라고 생각했는데… 달라진 당신을 보면서 이젠 생각이 바뀌었어요."

"그게 무슨 소리야?"

민여사는 담담한 표정으로 서류 봉투 하나를 탁자 위에 올려놓았다.

"성일이의 출생증명서예요."

김선생은 불길한 예감을 애써 지우며 봉투 속의 서류를 꺼내어 살폈다.

"그 사람과 저, 모두 혈액형이 O형이에요."

"그런데?"

"성일인 A형이에요. 당신은 AB형."

"뭐? 지금 무슨 소리를 하는 거야?"

"성일인… 당신 아들이에요."

그 순간 빗소리에 섞인 천둥소리가 밖에서부터 벽을 공명시키며 온 집안에 우렁차게 울려 퍼졌다. 김선생은 당황했다. 서류를 쥐고 있는 손이 부들부들 떨렸다. 민여사는 그의 반응에 아랑곳 않고 말을 이어갔다.

"당신을 마지막으로 만나고 미국에서 돌아왔을 때 난 임신인 걸 알았고 가정보다는 자신의 꿈이 더 소중한 남자와는 이 아이를 정상적으로 키울 수 없다는 걸 알게 되었죠."

"도대체 무슨 속셈인 건지 모르겠지만 날더러 그걸 믿으라는 거야? 그 말이 사실이라면 당신 남편이란 작자는 자기 새끼가 아닌 줄도 모르고 길렀다는 말인가? 그럼 나는 뭐야? 남의 둥지에 알을 낳고 달아나는 뻐꾸기야?"

"그이도 알고 있어요. 알면서 날 사랑하는 마음에 결혼해 줬던 거예요.”

“도대체 저의가 뭐야? 뭘 어쩌자고 이런 말도 안 되는 이야기를 만들어 내는 거냐구!”

김선생은 이성적인 통제를 벗어나고 있는 자신을 용납할 수 없는 듯 자제하려 애썼다. 그러나 그의 떨리는 손은 멈추려 하지 않았다. 그에 반해 민여사는 너무도 차분하고 이성적이었다. 이미 모든 것을 각오하고 준비해 온 사람답게 차근차근 할 말을 다 하겠다는 고집스러움이 느껴졌다. 누구도 그녀를 막을 수는 없을 것 같았다.

“그렇다고 내 자식을 품은 사람이 어떻게 날 떠날 수가 있었지? 어떻게…”

“대부분의 여자는 다 그래요. 그땐 이미 여자가 아니라 엄마이기 때문이었죠. 엄마들은 아이를 위해서라면 남자 정돈 얼마든지 버릴 수 있다고요.”

“하지만 난 당신에게 버림받고 내가 소중해 하던 그 꿈마저 버렸어! 바로 당신 때문에!”

“아니요. 여자에게 버림받았다는 사실을 견디지 못했던 당신의 그 알량한 자존심이 때문이에요. 제 말이 틀렸나요?”

민여사는 옛날에 김선생에게 반지를 빼어 돌려주면서 이별을 선언할 때만큼이나 냉담하고 독기어린 표정을 지었다.

“나랑 갈 곳이 있으니까 따라 나서요.”

"어딜 간다는 거야?"

"가 보면 알아요."

민여사는 김선생의 대답이 떨어지기도 전에 앞장서서 집을 나섰다. 운전을 하는 동안 내내 그녀는 말이 없었다. 옆에 앉은 김선생 또한 마찬가지였다. 차 안은 밖에서 울려오는 천둥소리보다 더 두려운 적막이 흘렀다. 그들이 도착한 곳은 고급스러운 클럽이었다.

"당신 아들 성일이가 지금 얼마나 고통 중에 있는지, 어떻게 살고 있는지 당신 눈으로 직접 확인해봐야 해."

그녀는 김선생과 함께 클럽의 한 구석에 자리를 잡았다.

"자, 두 눈으로 똑똑히 봐요."

민여사가 가리키는 쪽을 돌아보는 김선생의 눈에 성일이가 들어왔다. 술에 만취한 성일은 아가씨들을 끼고 돈을 뿌려대고 있었다.

"제가 말했었죠. 이제부턴 당신이 죄책감을 안고 살아갈 차례라고. 아들을 자신의 손으로 파멸로 몰아넣은 죄책감."

성일은 술을 물처럼 마셔댔다. 여자들에게 돈과 거짓 웃음으로 호탕함을 과시하고 있었다. 그 모습을 지켜보는 김선생의 눈에 아픔이 일었다. 민여사는 그런 김선생의 표정을 어느 한 순간도 놓치지 않으려는 듯 지켜보고 있었다.

　비가 그친 아침의 시내는 봄기운이 완연하게 감돌고 있었다. 전날 밤의 모습과는 달리 단정한 차림의 현수는 꽃다발을 들고 소공동에서 시청 앞 광장을 가로질러 덕수궁을 향해 걸었다. 얼굴에 아직 아물지 않은 상처는 남아 있지만 최대한 눈에 띄지 않으려고 애쓴 흔적이 보였다. 현수는 한 가닥 희망은 있다고 믿었다.

　"뭐 이젠 아무래도 상관없어요. 그 안의 마음을 이미 알았으니까."

　포장마차에서 희진이 현수에게 했던 말, 그 말 한마디에 실낱같은 희망을 걸었기 때문이었다. 그 말을 기억하고 있는 한 그녀가 이번에도 자기를 믿어줄 거라는 기대가 들었던 것이다. 분주한 도심의 길거리를 걷고 있는 현수의 걸음은 목적지를 향하고 있지만 마치 영원으로 향하듯 점차 느려지기만 했다. 현수의 머릿속에는 그 동안 겪었던 일들이 주마등처럼 스쳐갔다. 불과 삼 개월 전만 하더라도 오늘의 모습은 상상하지도 못했었다. 평생 여자들에게 채이기만 하는 소심한 남자로 살아갈 줄 알았다. 그런데 어느 날 영화처럼 운명이 바뀌고 지금의 그는 전혀 예상하지도 못했던 인간이 되어있는 것이다. 인생이란 게 그런 것 같았다. 내일 일을 전혀 모르니 오늘 일로 일희일비할 필요도 없는 것이다. 현수

는 그렇게 생각하며 자신을 위로했다. 믿었던 김선생에게 배신을 당했다는 사실도 담담하게 받아들일 수 있을 것 같았다. 다른 것들은 모두 받아들일 수 있을 것 같았다. 그러나 희진과의 이별만은 받아들이기 싫었다. 내일 당장 아무리 더 좋은 일이 일어난다고 해도 오늘 그녀만은 절대로 놓치고 싶지 않았다.

이런 저런 생각을 하며 걷는 동안 그는 어느 틈에 덕수궁 정문 앞까지 와 있었다. 현수는 기대 반 불안 반으로 덕수궁 정문을 향해 고개를 들었다. 그의 얼굴에서 지나간 기억들이 떨어져 나간다. 지나가는 사람들은 무엇이 그리도 바쁜지 모두들 걸음을 재촉하고 있었다. 붐비는 거리의 행인 사이에서 희진의 모습이 그의 눈에 들어왔다. 현수는 반가움에 환하게 얼굴을 밝히며 힘껏 달려갔지만 희진을 닮은 여자였다. 여자는 현수를 피해서 사라진다. 그는 들고 있던 꽃을 바닥에 떨어뜨리며 양손을 모았다.

"하느님, 천지신명님, 제발… 희진이가 지금이라도 내 앞에 나타나게 해 주세요."

그러나 무심하게도 시간은 흘러가고 거리의 풍경은 변화하기 시작했다. 낮에서 밤으로. 환함에서 어두움으로. 그는 꼼짝 않고 그 자리에서 미아처럼 서 있었다. 바닥으로 눈이 떨어지는 것이 보였다. 현수는 고개를 들어 하늘을 보았다. 하늘 가득 눈발이 휘날리고 있었다.

"올 겨울엔 눈이 오지 않았었는데… 이제야 내리는 눈이라니…"

그는 결국 발걸음을 옮겼다. 눈 내리는 덕수궁의 돌담길을 되도록 천천히 걸었다. 현수가 떠난 자리 길바닥에서는 버려진 꽃이 지나가는 행인들의 발길에 이리저리 채였다. 그러다 곧 그 꽃을 집어 드는 손이 있다. 더러워진 꽃을 든 희진이 경복궁 돌담길 쪽으로 사라지고 있는 현수의 뒷모습을 말없이 바라보았다. 잠시 후 그녀는 몸을 돌려 현수와 반대쪽으로 걸음을 옮겼다.

눈발이 점점 드세졌다. 내리면서 녹아 없어지던 눈이 서서히 쌓여가기 시작했다. 현수는 쌓여가는 눈을 서글프게 바라보며 생각했다.

'첫눈이 오는 날 덕수궁 돌담길을 걸으면 이별을 한다고 했었지. 올겨울, 서울엔 눈이 오지 않았는데 겨울이 다 끝나고 봄이 오려는 이제야 눈이 내린다. 어찌되었거나 올해의 첫눈이다. 이상기온이다. 날씨도 사람 마음도 온통 이상하다. 어쩌면 이상한 세상에서 이상한 기술 없이 산다는 것 자체가 정말 이상한 걸지도 모르겠다. 세상에 진정한 사랑은 없다는 김선생님의 말도, 이 이상한 세상에서 전혀 이상하지 않은 것인지도 모른다. 어쨌든 오늘은 올해의 첫눈이 왔고 나는 내 인생의 마지막으로 슬픈 이별을 했다. 앞으로 나에게 슬픈 이별이란 다신 없을 것이다.'

현수는 결심이 선 듯 단호하게 발길을 돌렸다.

고급스럽게 인테리어가 되어 있는 칵테일 바 안으로 또각또각 구두 소리를 내며 한 여자가 들어선다. 사람들의 고개가 구두 소리를 향해 돌

SCENE #13

려진다.

긴 생머리에 피처럼 강렬한 빨간색 민소매 드레스를 입은 그녀는 오늘밤 이곳에서 최고의 퀸카가 되어도 모자람이 없을 듯하다. 아름답고 화려하면서도 천박하지 않다. 허리께까지 패인 뽀얀 등을 보는 순간 사람들은 시선을 떼지 못한다. 갑자기 그녀 주위의 모든 것들이 낡고 퇴색된 느낌이 들 정도다. 바 안의 남자들은 물론 여자들의 시선까지도 모두 그녀에게로 집중된다.

여자는 당당한 표정과 흐트러짐이 없는 자태를 유지한 채 긴 통로를 걸어가서 바의 한가운데 스툴에 앉는다. 패션쇼의 모델을 지켜보는 듯하다. 침을 질질 흘리며 그녀를 바라보는 넋 나간 남자들의 모습이 참으로 가관이다.

그런 가운데 바에서 유일하게 그녀에게 관심이 없는 듯 눈길 한 번 주지 않는 한 남자가 구석에서 홀로 술을 마시고 있는 것이 눈에 띈다. 꾸민 듯 꾸미지 않은 듯 어디선가 세련됨이 흐르는 캐주얼 정장 차림의 현수다! 그는 마시던 술잔을 내려놓고 여유 있는 미소를 지으며 조금의 망설임도 없이 자리에서 일어선다. 그리고 바를 가로질러서 자신 있게 여자에게로 걸어간다. 바에 있는 손님들의 시선은 당연히 현수에게로 쏠린다. 그가 여자에게로 다가가서 자연스럽게 귓속말을 건네자 여자가 환하게 이를 드러내고 웃어 보인다. 여자의 미소를 확인한 현수는 기회를 놓치지 않고 자연스럽게 그녀의 옆 자리에 앉는다. 사람들은 그제야 고개를 원위치로 돌리고 말없이 술잔을 훑는다. 남자들은 김이 샌 표정이 역력하다. 그녀에 대해 이내 체념해 버리고 만 것이다.

서로의 눈을 지그시 바라보며 귓속말로 얘기를 주고받는 두 사람은 가끔은 킥킥거리기도 하고 가끔은 가볍게 쓰다듬기도 한다. 두 사람은 첫 만남임에도 마치 오래 알아 온 사이처럼 편해 보인다. 급기야 얘기를 나누던 여자가 칵테일 한 잔을 비우고 자리에서 일어선다. 거기까지 그리 긴 시간이 필요치는 않았다. 현수는 타이밍을 놓치지 않고 함께 일어나며 여자의 어깨를 살며시 감싸 안는다. 여자를 에스코트하는 그의 매너가 너무나 당당하다. 남자들은 입구 쪽을 향해 걸어가는 현수와 여자를 부러운 시선으로 바라본다. 수컷의 본능은 모두 똑같다. 멋진 여자를 가까이 하고픈 속성 말이다. 현수는 그런 남자들을 힐끗 곁눈으로 돌아보며 승리의 미소를 짓는다.

"다른 남자들의 질투를 한 몸에 받네요? 괜찮으시겠어요?"

여자가 묻는다.

"그럼요. 상관 안 해요. 쿨하게 살기로 했으니까."

"네? 호호홋… 쿨한 건 좋은 거죠."

두 사람은 무엇이 그리 좋은지 크게 목청 높여 웃으며 바에서 사라진다.

"도대체 무슨 일인데 이렇게 급하게 집으로 오라는 거요?"

찰리가 씩씩대며 김선생의 집으로 들어섰다.

"응, 소개해줄 사람이 하나 있어서."

김선생이 무슨 속셈인지 능글맞게 웃으며 대답했다.

"소개해줄 사람이요?"

"응… 새로 제자 하나를 받았거든."

"네? 선배가 다시 제자를 기른다고요?"

"응. 이번에는 정말 제대로 한번 길러 보려고."

김선생이 찰리의 시선을 가리고 있던 자리에서 옆으로 비켜섰다. 드러난 창가엔 멋진 정장 차림으로 빛을 받으며 밖을 바라보고 있는 사내의 뒷모습이 보였다.

"제자야, 인사드려라. 찰리라고… 못난 후배지만 어쨌든 후배는 후배니 너한테는 사숙이 되는 셈이다."

김선생의 말에 사내가 천천히 뒤로 돌아선다. 그는 성일이었다! 찰리는 믿을 수가 없다는 듯 고개를 가로저으며 입을 다물지 못했다.

"너란 말이지."

현수는 기나긴 최면에서 깨어나듯 지난 기억을 떨쳐내며 외쳤다. 보던 신문을 집어 던지고 의자에서 벌떡 일어섰다. 몇 종의 스포츠 신문들이 그의 발 아래로 떨어져 내렸다. 현수는 발밑에 나뒹구는 신문 겉표지 남자의 사진을 다시 한 번 내려다보았다.

"성일이 네가 바로 그 무명의 흑기사였단 말이지?"

현수는 구겨진 신문 속의 사내와 대화라도 나누는 듯 중얼거렸다.

"분명히 녀석도 유혹의 기술을 배운 게 틀림없어. 김선생이 나를 선수로 만들어주었으니 성일이도 그렇게 만들어 줄 수 있었겠지. 그렇지만 왜 하필 그놈이야. 왜, 왜, 왜?"

현수가 떠났을 때 김선생은 큰 배신감을 느꼈을 것이었다. 그렇다면 현수에게 보란 듯이 내세우기 위해 성일을 제자로 택했을까? 비록 그를 원망하며 김선생을 떠나긴 했지만 현수는 단 한 번도 그를 마음에서 떠나보낸 적이 없었다. 어찌되었건 지금의 자신은 김선생 때문에 존재하고 있는 거니까. 현수는 김선생에게 배신감을 느꼈다. 그를 찾아가 따지고 싶은 마음도 일었다. 그러나 곧 그 마음을 접었다. 김선생을 만난다

면 아마도 그와 김선생은 이번엔 다시는 돌아올 수 없는 강을 건너는 꼴
이 될 것이 분명했다. 그와의 기억을 더럽히고 싶지는 않았다.

그래도 성일에게 꼭 묻고 싶은 것이 있었다. 희진을 희생양으로 바친
성일이 그 대가로 기술을 익힌 건지, 아니면 왜 무엇을 위해서 기술을
배웠는지 묻고 싶었다.

현수는 간단히 수소문 끝에 성일과 전화로 연락이 닿을 수 있었다.

"날 기억하겠지?"

"잊을 리가 있나?"

역시 두 사람은 만만치 않은 앙숙임을 느꼈다. 동지가 될 수는 없겠지
만 앙숙이 되고픈 마음도 없는 두 사람이었으나 마음과는 달리 말투부
터 곱지 않았다.

"한 번은 만나야 하지 않겠어?"

현수는 자신의 음정이 불안정한 톤으로 넘나들고 있음을 깨달았다.

"난 별로 만날 필요를 느끼지 않는데."

현수에 비해 안정적이고 차분한 음성으로 성일은 줄곧 답변만을 할
뿐이었다. 현수는 성일의 자신감에 가득 찬 말투가 더 비위 상해 목청을
돋웠다.

"한 번 만나자는데 그렇게 비싸게 굴 거 없잖아. 내가 그 근처로 갈 테
니까 어딘지 말 해."

"정 그러시다면 차 한 잔은 마실 수 있지."

　성일은 마지못해 근처 커피숍의 위치를 알려 주었다. 현수는 성일과의 전화를 끊고 기 싸움에서 이미 자신이 그에게 밀리고 있다는 생각을 했다. 좀 더 침착하자. 좀 여유를 부려보자. 무엇이 그를 불안하게 하는지 스스로도 알 수 없었다. 이제 생활의 여유도 생겼고 한 여자에게 매달려 전전긍긍하지도 않는다. 성일보다 못한 건 없다.

　별로 만나고 싶지 않다던 성일은 현수보다 먼저 커피숍에 나와 있었다. 조금 놀라는 현수를 그는 정중하게 맞았다.

　"일부러 찾아오시는 손님인데 가까운 곳에 사는 사람이 먼저 기다려 주는 것은 기본 매너지."

　성일이 맞은 편 자리에 현수를 앉혔다. 현수는 다시 선수를 빼앗긴 느낌으로 초조해진다.

　"신문에서 기사 잘 읽었어. 신광그룹의 후계자가 되겠다는 꿈을 가지신 모양이더군."

　현수는 나약해지지 않으려고 한껏 성일을 비아냥거려 준다.

　"기술을 익히신 모양인데… 어떻게 된 거지?"

　성일이 조용히 현수의 유혹의 기술 노트를 품에서 꺼내어 내밀었다.

　"뭐야? 잃어버린 내 노트를 가지고 있었던 거야? 그럼, 네가 배운 기술도…"

　현수가 노트를 받고 놀라며 물었다.

　"억측이야. 기태라는 친구가 나에게 그 노트를 주어서 기술의 존재는

알게 됐지만 그리 배울만한 내용은 없더군. 난 노트를 다시 임자에게 돌려주는 것뿐이야.”

“그럼?”

“짐작했는지 모르겠지만 당신이 떠난 후 나는 김선생의 제자가 되었어.”

현수는 짐작은 했지만 듣고 싶지는 않았던 대답이 들려오자 낮게 신음했다.

“역시 그랬군. 왜 기술을 배울 생각을 했는지 물어도 될까?”

“당신만 제자가 되란 법 없잖아. 아니, 이제 현수 씨는 제자가 아니지. 선생 곁을 떠났으니까.”

“당신이 유일한 제자라는 말을 하고 싶은 거야?”

“당연한 말씀을… 난 당신과는 달라.”

성일은 작고 낮은 음성으로 조용히 그 말을 함으로 해서 현수를 바짝 긴장시키고 있었다. 현수가 무엇이 다르냐고 물을 필요도 없이 성일은 먼저 그 답변을 해 왔다.

“무엇이 다른지 알려 줄까? 당신은 기술의 마지막 단계를 배우지 못하고 끝을 냈고 나는 완벽하게 마지막까지 기술을 다 익혔다는 거야.”

현수가 그의 말이 채 끝나기 전에 웃음을 터뜨렸다. ‘겨우 그거였어?’라고 말하고 싶은 것을 참았다.

“너는 마지막 단계는 배울 필요가 없다고 생각했겠지만 그게 너의 제일 큰 착각이고 결정적인 실수였어. '기술자'는 됐지만 '기술을 가진 인간'이 되는 법을 배우지 못했거든."

성일의 진지한 표정과 압도하는 카리스마를 현수는 보았다. 그는 웃음을 어떻게 거두어야 할지 망설였다.

"난 선생님의 유일하고도 진정한 제자야. 그래서 너완 다른 거야."

"그래. 다르다는 증거가 겨우 대그룹 외동 딸 후려서 그 집의 사위가 되는 거였어?"

"함부로 지껄이지 마. 너 같으면 그렇게 했겠지. 희진이네 집의 사위가 되려 했듯이. 그렇지만 난 아니야."

성일이 희진의 이름을 들먹이는 순간 현수는 그와의 싸움이 끝났다는 것을 알았다. 적어도 그는 희진이라는 이름을 금기로 여기면서 지나간 상처로 묻어두려는 사람이 아니었다. 그는 이미 희진으로부터 자유로워져 있었다.

"난 단지 내 기술이 어디까지인지 시험해 봤을 뿐이야. 그것 뿐이야. 기술로 장영우의 마음을 얻었지만 그걸 사랑이라고 말하지는 않아. 다시는 네 저질 기술을 김선생님에게서 배웠다고 말하지 마라. 그분은 내가 가장 존경하는 분이니까. 이 말을 하려고 나왔으니 난 먼저 실례."

성일은 남은 커피를 마시고 일어섰다. 커피 값을 계산하고 나가는 그의 뒷모습이 너무나도 당당해 보였다. '기술자'와 '기술을 가진 인간'의 차이점을 현수는 알 듯도 모를 듯도 했다. '저 뒷모습의 남자와 나와의

차이겠지.' 라고 막연히 짐작하지만 어딘가 가슴 깊은 곳이 쓰려 오고 휑한 바람이 그 속을 헤집고 다님을 숨길 수 없었다. 성일은 끝내 김선생이 자신의 아버지라고는 말하지 않았다.

유혹의 기술은 없다. 우리는 언제나 판타지를 꿈꾼다. 마치 무협지의 주인공처럼 우연한 기회에 익힐 수 있게 된다면 어떤 이성이든 내 것으로 만들 수 있는 은밀한 기술이 이 세상 어딘가에 존재할 것이라는 판타지 말이다. 그러나 판타지는 판타지일 뿐이다. 그런 면에서라면 유혹의 기술은 없다. 나와 내가 호감을 느끼는 이성이 있고, 그 사이에 깨트려야 할 무관심의 벽이 존재한다면, 그것을 몇 마디 말로 무너뜨리고 단번에 나를 사랑하게 만들 기술은 없다는 말이다.

이 소설은 영화전문 채널 OCN에 방영된 4부작 TV무비의 오리지널 시나리오로 시작되었다. 나는 극본 작가로서 이 작품에 참여하며 시나리오를 쓰기 위해 수십 권의 관련 서적들을 찾아 탐독하기도 했고 최면 아카데미에 나가서 최면술을 배우기도 했다. 특히 연출자인 심세윤 감독과는 작품에 리얼리티를 부여하기 위해 홍대 앞이나 강남 등의 클럽에서 시나리오에 등장하는 기술들을 여성들에게 실제로 사용하며 검증해보기도 했다. 그렇게 시나리오는 완성되었다. 주인공인 현수가 우연히 만난 스승으로부터 유혹의 기술을 전수받으며 작업의 고수가 되어간다는 것이 시나리오의 줄거리였지만 정작 내가 이 작품을 통해서 하고자 했던 이야기는 아쉽게도 그 테마 속에 명확히 드러나지 않았다.

현수를 변화시킨 것은 유혹의 기술이 아니라 기술을 매개체로 하여 그가 얻게 된 자신감이며, 또한 그것으로 인해 확장된 타인과의 소통 가능성인 것이다. 사랑의 반대말은 미움이 아니라 무관심이라고 한다. 유혹도, 사랑도 무관심의 벽을 깨고 소통하는 것이 시작이다. 결국 이성과 나 사이에 놓인 무관심의 벽을 깨고 소통을 가능하게 하는 자신

감이야말로 유혹의 기술이 아닐까. 그런 면에서라면 유혹의 기술은 분명 존재한다. 이것이 바로 내가 작품을 통해 하고자 했던 이야기였으며, 시나리오에는 충분히 표현하지 못했던 아쉬움을 소설을 통해 위로받고자 했다.

소설에 등장하는 기술과 이론들은 내가 만든 것이 아니고, 이미 출간된 여러 책들을 참고로 하여 허구로 재구성한 것이다. 참고한 책들은 '닐 스트라우스'의 〈더 게임〉(디앤씨), '래너드 쉴레인'의 〈자연의 선택, 지나 사피엔스〉(들녘), '장 프랑수아 부베'의 〈원숭이, 인간에게 손가락질 하다〉(이끌리오), '이시이 히로유키'의 〈마음을 움직이는 최면 커뮤니케이션〉(북스온), 역시 같은 저자의 〈콜드 리딩〉(웅진윙스), '조셉 오코너', '이안 맥더모트'의 〈NLP의 원리〉(학지사), '이윤주'·'양정국'의 〈은유와 최면〉(학지사), '설기문'의 〈최면과 최면치료〉(학지사), '로버트 치알디니'의 〈설득의 심리학〉(21세기 북스), '레일 라운즈'의 〈누구라도 당신과 사랑에 빠지게 하는 법〉(해냄), '요네야마 기미히로'의 〈남자는 죽어도 알 수 없는 여자의 마음〉(지식여행), '로버트 그린'의 〈유혹의 기술〉(이마고) 등이다.

마지막으로 책이 나오기까지 도움을 주신 출판사 관계자 여러분과 나의 배와 영혼이 주릴 때마다 함께 술을 마셔준 여러 친구들, 그리고 언제나 나의 든든한 후원자이자 소설가 선배이기도 한 어머니에게 마음 깊은 곳으로부터 감사의 뜻을 전하고자 한다.

2008년 깊은 가을

유 세 문